Apfelgelb

Die Autorin Wiebke Kalläne aus Oelde studierte an der Universität Bielefeld und der Pädagogischen Hochschule in Wien. Nach dem I. Staatsexamen in Biologie und Deutsch folgte eine Ausbildung zur Redakteurin und anschließend schloss sie die Ausbildung zur Lehrerin mit dem II. Staatsexamen ab. Heute ist sie Lehrerin in einer Schule in Lippstadt. Ihre ersten Veröffentlichungen waren die Kurzgeschichte »Der letzte Walzer« in der Literaturzeitschrift »Konzepte« sowie Artikel in biologischen Fachzeitschriften. Mit dem Thema der Malerei beschäftigt sie sich privat.

WIEBKE KALLÄNE

Apfelgelb

Die heimliche Liebe des Malers

ROMAN

solibro

Histo roman

1. Dirk Hennig:
Der Schatz im Aasee. Die ganze Wahrheit
Münster: Solibro Verlag 1. Aufl. 2004
ISBN 978-3-932927-23-2

2. Almuth Herbst:
Wintersaat. Historischer Roman aus dem Münsterland
Münster: Solibro Verlag 4. Aufl. 2018
ISBN 978-3-96079-027-3

3. Wiebke Kalläne:
Apfelgelb. Die heimliche Liebe des Malers
Münster: Solibro Verlag 1. Aufl. 2019
ISBN 978-3-96079-067-9

ISBN 978-3-96079-067-9

1. Auflage 2019 / Originalausgabe

Umschlaggestaltung: *Cornelia Niere, München*
Umschlaggemälde: *»Briefleserin am offenen Fenster«, Jan Vermeer, 1657*
Klappenfoto der Autorin: *Knut Reimann*

Druck und Bindung: *GGP Media GmbH, Pößneck*

Gedruckt auf chlorfrei gebleichtem & alterungsbeständigem Papier.

www.solibro.de

MIX
Papier aus verantwortungsvollen Quellen
FSC® C014496
FSC
www.fsc.org

verlegt. gefunden. gelesen.
SOLIBRO

Man darf Menschen nicht wie ein Gemälde (...)
nach dem ersten Eindruck beurteilen, die haben
ein Inneres, ein Herz, das ergründet sein will.

Jean de la Bruyère

Für die wichtigsten Menschen in meinem Leben –
meine Familie.

Man darf Menschen nicht wie ein Gemälde (...)
nach dem ersten Eindruck beurteilen, die haben
ein Inneres, ein Herz, das ergründet sein will.

Jean de la Bruyère

Für die wichtigsten Menschen in meinem Leben –
meine Familie.

Prolog

»Es ist alles vernichtet, Jarik.«

Rauch versperrt dem alten Mann die Sicht. Jarik zieht seinen Mantel enger um seinen schlanken Körper. Der Wind rauscht in den Kronen der Bäume und vertreibt den Rauch kraftvoll. Langsam, als böte er die letzte Kraft seines Körpers auf, hebt Jarik den Blick. Seine Augen wirken glanzlos, als wären auch sie von einer Schicht Ruß bedeckt. Er blinzelt, doch die Trübung seines Blicks bleibt bestehen. Was er sieht, versetzt ihm einen Stich in sein Herz. Jetzt wird es endgültig brechen, denkt er müde und stemmt sich auf den Stock aus Eiche. Sein Mantel flattert im Wind. Er kommt sich schwach und verletzlich vor, während er den verbrannten Hof betrachtet.

Das Feuer hat ihn komplett zerstört. Nur noch die Grundmauern stehen karg da, wie das Gerippe eines Menschen. Das Strohdach und die Holzgiebel waren ideales Futter für die hungrigen Flammen, die sich von der Küche ausgebreitet hatten. So rasend schnell, als hätten sie sich jahrelang auf diesen einen Moment der Unachtsamkeit ihrer Bewohner vorbereitet.

Jarik macht Lienke keinen Vorwurf für ihre Dummheit. Dass seiner Dienerin das Feuer für das Abendbrot nicht bewachen konnte, war seine Schuld. Er hatte von ihr verlangt, zusätzlich zu den Linsen, die es geben sollte, eine Pastete vom Bäcker zu holen und seinem Gast und ihm aufzutischen. Als sie ihm entsetzt mitgeteilt hatte, dass sie das Feuer nicht unbeaufsichtigt lassen könne, hatte er sie wütend fortgescheucht. Das arme Ding würde sich bis an sein Lebensende Vorwürfe machen, doch das spielt für ihn keine Rolle mehr. Er hat sie besser behandelt, als manch anderer.

Seine Beine zittern. Mühsam stützt Jarik sein Gewicht auf den Stock, den er seit einigen Jahren als Gehhilfe nutzen muss. Die kalte, mit Rauch gefüllte Luft umgibt ihn und seinen treuen Freund aus Kindertagen. Sander sitzt rußverschmiert wenige Meter von ihm entfernt. Nur sein helles Hemd durchdringt die geschwärzte Abendluft. Jarik sieht an sich hinunter. Auch sein dunkelroter Mantel ist schwarz besprenkelt. In seinen Augen schmerzen verkohlte Reste des Feuers. Er spürt den Ruß in seiner Nase und seinem Mund. Angewidert spuckt er auf die Steine vor ihm. Da erblickt er sie in der Dunkelheit.

Bevor er spricht, atmet er geräuschvoll und tief, als wäre es sein letzter Atemzug.

»Nicht alles, *mijn vriend...*« Jariks Stimme versagt. Mühsam humpelt er, gestützt auf seinen Stock, zu einer Holzkiste. Sein Blick wird von ihr angesogen und verklärt sich noch mehr. Langsam und träge rüttelt er an dem Schloss und öffnet die Truhe mit Hilfe von Sander, der sich an Jariks Seite gestellt hat.

Für einen Moment sind beide Männer still. Jarik hält den Atem an, während er in die Truhe blickt. Sander stützt seinen Freund, der in die Knie geht und mit zitternden Händen Stoff um Stoff zur Seite schlägt.

»Was für ein Wunder«, sagt Sander und fasst vor Freude Jariks Schulter. Sie ist knochig und kühl. Und plötzlich, während die Männer fassungslos in die Truhe schauen, beginnt die Schulter erst zaghaft, dann immer stärker zu zittern.

Jarik de Boer spürt, dass seine Kräfte ihn vollends zu verlassen drohen. Sein Oberkörper scheint zu schwer für seine Beine zu sein. Ein unendlich starkes Gefühl zieht ihn kopfüber in die Truhe. Farben verschwimmen vor seinen Augen. Er sieht nicht nur das dunkle Holz der Truhe, sondern ein sattes Rot und das allzu bekannte – strahlende – Gelb. Die Farben fließen ineinander, vermischen sich und trennen sich wieder. Eine Spirale unendlich vieler Farben breitet sich vor seinen verrußten Augen aus, während er zusammenbricht. Am Ende erwartet ihn ein sattes Gelb. Apfelgelb. *Appel geel.*

Und plötzlich ist er wieder jung, sitzt am Rand des Kanals, betrachtet blühende Maiglöckchen, Vergissmeinnicht und Veilchen. Sein Rücken drückt sich gegen einen Stamm eines starken, gefurchten Apfelbaums. Er spürt die Kraft der Natur, die im Stamm pulsiert und sich auf seine Haut überträgt. Als er den Kopf in den Nacken legt, um die Sonne durch das Blätterdach funkeln zu sehen, erblickt er die Farbe zum ersten Mal wirklich. Das satte Apfelgelb strahlt nur so mit dem Licht der Sonne um die Wette. Er vermag nicht zu sagen, welche Farbe für ihn schöner anzusehen ist. Schließlich entscheidet er sich für das Greifbare, Irdische – den Apfel. Bevor er genüsslich in das liebliche Obst beißt, betrachtet er die Farbe genauer und beschließt, seinem *meester* diese Farbe für das nächste Bild zu empfehlen.

Während Jarik fällt, fällt er nicht in eine Dunkelheit, sondern in das leuchtende Gelb seiner Erinnerung. Glücklich ergibt er sich dem Gefühl. Ja, fast ist es ihm angenehm, wie ein Farbtropfen auf eine gespannte Leinwand zu fallen.

Sein Leben ist fast vorbei und dennoch ist er sich im Fallen sicher, wieder am Anfang zu stehen.

Delft

Oktober 1657

Jarik de Boer

Auf dem Delfter Marktplatz war es laut, dreckig und es stank nach Tieren, Kot, Urin und verdorbenem Fleisch. Die Fensterläden des *Stadthuis* seitlich der schlanken *Nieuwe Kirk* waren zum Teil verschlossen, um sich vor dem Lärm und dem Trubel draußen zu schützen. Weißgraue Wolken zogen träge über den spitzen Kirchturm, der nach einem Blitzeinschlag 1536 fast vollständig wieder hergestellt worden war.

Seit ein paar Wochen hockte Jarik de Boer jeden Tag zwischen Gemüsehändlern, Viehbauern und Marktschreiern, um sich seine täglichen Schillinge zu verdienen. Er lebte von der Hand in den Mund. Das, was er besaß, konnte man an einer Hand abzählen: einen Schemel, einen Krug, einen Mantel und etwas Kohle sowie zusammengeklebtes und dadurch festeres Papier. Das Wertvollste für ihn war die Kohle. Damit zeichnete er auf dem Markt Abbilder von Menschen, die es von ihm verlangten. Meistens waren es Huren. Diese konnten sich keine gemalten Bilder leisten, schienen aber dennoch so auf ihre Schönheit bedacht zu sein, dass sie sich über die schnell dahin gekritzelten Skizzen freuten. Er verkaufte die Entwürfe für drei bis fünf Schilling. Es reichte, um sich abends mit ein paar Bierkrügen den Magen und die Seele zu wärmen. Danach schlief es sich leichter unter freiem Himmel. Manchmal hatte er Glück und die eine oder andere Wirtsfrau hatte Mitleid mit ihm und gedachte ihm einen Platz in der Speisekammer oder in einem der leerstehenden Zimmer zu. Doch nicht jede Frau in Delft war so herzensgut. Oft wurde er aus Gassen verjagt, wenn er sich erschöpft gegen eine Häusermauer lehnte, um die Augen für einige Sekunde zu schließen und an seine Heimat zu denken. Dann leerte sich über seinem Kopf ein Nachttopf, ein Diener schlug ihn mit einem Holzscheit oder die Pferde einer Kutsche trampelten ihn fast zu Tode.

So erbarmungslos und brutal hatte er sich die große Handelsstadt Delft nicht vorgestellt. Als er den Hof, auf dem er aufgewachsen war, verließ, um sein Glück zu machen, hatte er große Erwartungen an die angeblich aufblühende Stadt gehabt. Wie gern würde er nun wieder im warmen Heu schlafen und morgens die Schweine füttern. Doch er wusste, dass er nicht zurückkommen konnte. Noch nicht. Mit der Aufzucht von Schweinen verdiente sein Vater nicht mehr genug. Außerdem wurde die Arbeit immer härter. Und sich selbst als Schweinebauer bis an sein Lebensende, das hatte er sich noch nie vorstellen können. Seine Hände waren zart und feingliedrig. Nicht so plump und groß wie die seines Vaters.

»Jarik ist für etwas Größeres geschaffen«, sagte seine Mutter oft, wenn sie seine Hände betrachtete, zuhörte, wie er von der Malerei sprach oder bei Zeichnungen die Konturen mit seinen langen Fingern nachzog. Sie waren wie lange, menschliche Pinsel, dafür geschaffen, Linien zu ziehen, sie zu verbinden und wie von Geisterhand Figuren, Tiere und Landschaften zu erschaffen. Gerne schaute sie ihm beim Malen über die Schulter, begeisterte sich bereits für einfache Schweine-Zeichnungen, die Jarik abends im Stall im Licht des Mondes angefertigt hatte. Vor seinem Vater musste er die Kohle verstecken.

»Die Malerei ist eine brotlose Kunst. Wie soll er damit eine Familie ernähren?«, brummte sein Vater eines Abends. Er tunkte ein Stück Brot in einen Humpen Bier und biss herzhaft hinein. Während das Bier seine Mundwinkel herabrann und er genüsslich schmatzte, wusste Jarik, dass er keine Gemeinsamkeit mit seinem Vater teilte.

Dessen Unzufriedenheit über den Wunsch seines Sohnes belastete das Verhältnis zunehmend. Jarik konnte ihm auf dem Hof nichts mehr Recht machen. Weder das Füttern der Schweine, noch die Reparaturen des Hofes gelangen ihm zu dessen Zufriedenheit. Während Jarik gedankenverloren das Profil des Gemüsehändlers auf seiner Rechten auf einem Stück Papier festhielt, stand er wieder, wie vor ein paar Wochen, mit einer Schaufel im Schweinestall, um ihn auszumisten. Es war bereits später Nachmittag und sein Rücken schmerzte von der anstrengenden Arbeit im Stall. Die Schweine stanken erbärmlich und obwohl er jeden Tag mit ihnen zu tun hatte, glaubte er inzwischen, dass er sich nie an den Geruch gewöhnen würde. Er rümpfte die Nase, während er die mit Kot verklumpte Erde zur Seite schaffte. Die Schweine quiekten aufgeregt. Sie waren seine Anwesenheit nicht gewohnt. Sie respektierten seinen Vater, aber nicht ihn. Er war ein Störenfried, der sie nicht verstand.

In diesem Moment stürmte sein Vater in den Stall. Sein Gesicht war wutverzerrt.

»Was tust du hier?«, schrie er aufgebracht. »Siehst du nicht, dass die Schweine trächtig sind. Du bringst sie zu sehr auf, indem du in ihrer Gegenwart ausmistet und sie umherscheuchst!«

Die Wut und Verachtung in seinem Gesicht blieb vor seinen Augen hängen. Jarik ließ die Schaufel fallen und stürzte aus dem Stall. Er hatte keine Worte für seinen Vater übrig. Zu sehr verletzte ihn dessen Enttäuschung. Er wusste natürlich selbst, dass er ihm keine große Hilfe war. Sein Vater übernahm die doppelte Arbeit, indem er seine abschließend noch korrigierte. Als er in die Dunkelheit hinausstürzte und sich müde und erschöpft am Rand des Blumenbeets seiner Mutter niederließ, wusste er, dass es für ihn hier keine Zukunft geben würde. Er ging lange nicht ins Haus zurück, sondern wartete, bis er seinen Vater schlafend glaubte.

Dann schlich er in den Giebel, wo er schlief, kramte seine wenigen Habseligkeiten zusammen, band sie in einem Beutel zusammen und warf ihn sich über den Rücken. Ein letztes Mal sah er sich in der spärlich beleuchteten leeren Kammer um, sich sicher, dass er sie nicht vermissen würde, bevor er die knarzende Leiter vorsichtig hinab in die Küche stieg. Er nahm sich einen Laib Brot, einen kleinen Krug, den er mit Wasser füllen konnte und etwas Käse für die Reise mit. Anstatt Abschiedsworten legte Jarik ein Porträt seiner Eltern, das er vor wenigen Tagen heimlich im Garten angefertigt hatte, auf den Tisch. Er hoffte, dass vor allem seine Mutter ihm eines Tages verzeihen könne.

Als er sich zur Tür wandte, spürte er eine Bewegung seitlich hinter ihm im Türrahmen. Tieftraurige Augen blickten ihn aus der Dunkelheit an. Er wandte seinen Blick nur kurz um, um ein letztes Mal in ihr Gesicht zu blicken. Sie faltete ihre Hände wie zum Gebet und nickte ihm zu. Sie hatte gewusst, dass es einmal so kommen würde. Und nun war der Tag da.

Jarik drehte seiner Mutter den Rücken zu und verließ sein Elternhaus. Der Hof schien leer und fremd in der Dunkelheit der Nacht. Die Schweine quiekten verängstigt. Er straffte seine Schultern und sah in den Himmel voller Sterne. Er hoffte, einer von ihnen würde ihm den Weg zeigen.

»Was treibst du da, *jongen*?«

Ein fauliger Geruch stieg Jarik in die Nase. Der Gemüsehändler stand direkt hinter ihm. Schnell rollte er die Zeichnung ein und stand ruckartig auf. Der Gemüsehändler war breitschultrig, aber klein. Er konnte es mit ihm aufnehmen, falls es nötig werden sollte. Viele Menschen reagierten wütend, wenn Jarik sie ohne Vorwarnung zeichnete. Sie kannten ihr Spiegelbild nicht und die Unwissenheit gegenüber ihrer eigenen Person verängstigte sie. Sie kam ihnen fremd vor, wie ein Dämon, der auf Papier gebracht wurde.

»Ich habe Sie gezeichnet«, sagte Jarik mit fester Stimme und sah dem Gemüsehändler in die blutunterlaufenen, leeren Augen. Um sie herum waren unzählige Falten, in denen sich Dreck angesammelt hatte, sodass er aussah, als wäre er von der Erde selbst porträtiert worden. Seine Lippen waren farblos, fast grau und hoben sich kaum von seinem massigen Gesicht ab. Das einzig Wunderbare waren seine Haare. Sie waren so dunkel wie Pflaumenholz und hatten eine einzigartige Farbmischung, die im Sonnenlicht schimmerte, als hätte sich Harz über die Holzmaserung ergossen. Leider konnte Jarik diese Farbgebung mit Hilfe seiner Kohle nicht einfangen. Er konnte lediglich das Spiel von Licht und Schatten darstellen, indem er unterschiedlich stark mit dem verkohlten, schwarzen Holz, das ihm noch blieb, aufdrückte. Ein erbärmliches Abbild im Vergleich zum Original. So wenig kannte er bisher von der Kunst der Malerei, dass er manchmal zu verzweifeln drohte. Seine Hoffnung, ein richtiger Maler zu werden, war in den endlosen Wochen im Trubel des Delfter Marktes fast erloschen. Eine tiefgraue

Wolke erreichte den Platz und tauchte die Menschenansammlung in einen bedrohlichen Schatten.

»Mich?«

Die Augen des Händlers verengten sich, sodass sie aussahen wie kleine Erbsen, eingedrückt in ein helles Brot mit dunklen Krusten. Jarik spürte, dass der Fremde überlegte, was nun zu tun sei. In seinem Gesicht zeichnete sich zuerst Ungläubigkeit, dann Furcht und schließlich Neugier ab.

»Zeig es mir«, befahl er mit lauter Stimme und zog damit die Aufmerksamkeit seiner Kunden auf sich. Es dauerte nicht lange und eine laute, stinkende Menschenmenge umgab die beiden während ihres Gesprächs. Jarik seufzte, rollte zögernd das Papier auseinander und drehte es in die Richtung des Händlers. In dessen grobe, dreckige Hände wollte er es nicht geben. Trotz aller Mängel an Farben und Kenntnissen war er zufrieden mit seinem Werk.

Die Menge drängte sich hinter dem Händler zusammen, um einen Blick auf das Papier zu werfen. Einige flüsterten, andere kicherten. Äpfel und Kartoffeln rollten über den Boden, während die Menge sich zusammendrängte.

Jarik wartete stumm auf die Reaktion des Händlers. Dieser brummte vor sich hin. Betrachtete das Bild mit seinen kleinen Augen, befühlte, wie zur Bestätigung, sein dickes Wams, hob seine Hände und warf, als würde er sie zum ersten Mal betrachten, einen prüfenden Blick auf sie.

Auf der Zeichnung griff er gerade nach ein paar Kartoffeln, die er prüfend vor seinen Augen wog und auf die Sackwaage legte. Diese liebevolle Geste war in der Skizze von Jarik eingefangen worden. Ein intimer Moment, der von vielen Außenstehenden nicht wahrgenommen wurde. Doch der Gemüsehändler, dessen Blick auf der Zeichnung mit weichen Konturen auf die Kartoffel fiel und dessen Haar im Sonnenlicht schimmerte, veränderte plötzlich seine Gesichtszüge. Ungläubig schaute er Jarik an. Er spürte, dass dieser junge Zeichner im Moment größter Unruhe in sein Inneres geblickt hatte.

Dann, als merkte er, dass ihn mehrere Dutzend Augenpaare neugierig anstarrten, verfinsterte sich sein Gesicht.

»Was hast du mit der Zeichnung vor, *jongen*? Was willst du von mir?« Zorn überschattete sein Gesicht und es wurde so dunkel wie Roggenbrot.

»Ich ... bin Maler. Ich zeichne zum Vergnügen«, stotterte Jarik. Er war unsicher, wie die nächsten Reaktionen des Händlers ausfallen würden. Kurz hatte er damit gerechnet, Wohlwollen von ihm zu erhalten. Doch nun war er sich sicher, dass der Händler es auf eine Auseinandersetzung anlegte. Auch dieser Mann konnte mit der Intimität gegenüber seiner eigenen Person nicht umgehen.

Das Publikum spürte, dass der Zeichner gleich eine Tracht Prügel einstecken würde und begann unruhig zu werden. Frauen drängten sich in die erste Reihe, um besser sehen zu können. Andere winkten Bekannte herbei. Ein verwahrloster Bursche schrie mit schriller Stimme: »Verpass ihm eine Tracht Prügel!«

»Zum Vergnügen ... ha! Wolltest mich ausspionieren, was? Wer hat dich geschickt?«

Der Händler schien Gefallen daran zu finden, dem Maler gleich seine Faust ins Gesicht zu rammen. Immer lauter schrie er seine Worte heraus, besprühte Jarik mit stinkender, dunkler Spucke und bäumte sich auf wie ein wilder Eber.

»Niemand«, entgegnete Jarik und versuchte dem wilden Blick standzuhalten.

»Niemand, ha! *Niemand* belügt Helge de Ruijter. Dafür wirst du bezahlen, *jongen*.« Er holte mit seiner riesigen Pranke aus und stieß dabei den Apfelkorb, der hinter ihm auf dem Ladentisch stand um. Ein Dutzend Äpfel kullerten um seine Füße. Jarik nutzte den Moment, um die Zeichnung in seinen Gürtel zu schieben. Er hielt schützend die Hände davor. Er wollte nicht der Erste sein, der schlug, das könnte für ihn böse enden, da er nicht wusste, welche Beziehungen der Gemüsehändler in Delft hatte. Dem Händler würde man sicher eher glauben, als einem jungen Fremden, der keine Ausbildung und keine Kontakte in Delft hatte.

»Halt!« Die Stimme durchschnitt die Luft und den Lärm des Marktplatzes so klar, als würde ein Apfel in zwei Teile geteilt werden und das Messer hart auf dem Holzbrett darunter auftreffen.

Jarik wagte nicht, den Blick von dem finster blickenden Händler zu wenden, dessen Faust in der Luft schwebte. Die Menge drehte sich neugierig um, reckte die Köpfe in die Höhe, um denjenigen zu entdecken, der ihnen das Spektakel verdorben hatte.

Ein Mann um die 25 Jahre bahnte sich einen Weg durch die Gaffer, die vor ihm zurückwichen. Er trug ein grünes Barett, unter dem sich schwarze Haare lockten. Seine Augen, deren Grün vom Sonnenlicht leuchtete wie ein Tümpel mit Algen bewachsen, schauten aufmerksam und wach auf den Händler. Sein Mantel, der, während er schritt, hinter ihm herwehte, verdeutlichte den guten Verdienst dieses Mannes. Ein Raunen ging durch die Menge, als er vor dem Händler stehenblieb und ihn scharf musterte.

»Was geht hier vor?«, fragte er und seine Stimme klang weder aufgebracht noch wütend, eher belustigt.

Auch der Händler schien das zu bemerken und begann wütend mit der erhobenen Faust durch die Luft zu schlagen. »Dieser Nichtsnutz hat mich gezeichnet, ohne dass ich es wollte. Vermutlich ist er ein Spion. Ich kenne ihn nicht«, spuckte er die Worte vor die Füße von Jariks Retter.

Die Menge murmelte zustimmend und der Lausebengel, der nun eine Maus gefangen hatte und sie am Schwanz in die Luft hob, schrie: »Hängt den Fremden!«

»Halt dein vorlautes Maul«, fuhr ihn eine füllige Magd an und gab ihm eine Backpfeife, sodass er vor Schreck die Maus fallenließ.

»Nun, ich glaube nicht, dass er ein Spion ist, oder?«, sagte der Unbekannte sachlich und wandte sich zum ersten Mal Jarik zu. »Zeig mir bitte die Zeichnung, damit ich prüfen kann, ob du wirklich die Ware ausspionieren wolltest.«

Jarik gehorchte ihm zögernd, wartend, was nun passieren würde. Als der Mann das Bild musterte, veränderten sich seine Gesichtszüge. Eine Art Erregung meinte Jarik darin zu entdecken. Schnell rollte der Mann das Papier ein und wandte sich an den Händler. »Nun, wie du auf der Zeichnung gesehen hast, zeigt sie nur dich und ein paar Kartoffeln. Was sollte er damit schon anstellen wollen? Verkauft Eure *aardappelen*, damit *je vrouw* am Abend zufrieden ist.«

Der Händler ließ seine Faust sinken und brummte verärgert. Doch er schien einzusehen, dass hier nichts mehr zu holen war. Die Wut war ihm aus den Knochen gewichen und die Erinnerung an seine Frau, die von ihm abends eine ansehnliche Summe erwartete, um die Mäuler seiner sieben Kinder zu stopfen, ließ ihn ermüden.

»Lass dich hier nicht mehr blicken, *jongen*«, raunzte der Händler zu Jarik und drehte ihm seinen breiten Rücken zu, sammelte die heruntergefallenen Äpfel auf und bot sie einer jungen Magd an, die sie eingeschüchtert von der vorzeitig verrauchten Wut, bereitwillig kaufte.

»Nun, wie ist dein Name«, fragte der Unbekannte, während er Jarik das Bild zurückgab.

»Jarik de Boer, *mijnheer*.« Eilig ließ er es in seinem Gürtel verschwinden. Es hatte ihm heute genug Ärger eingebracht. »Vielen Dank für die Hilfe«, stammelte er und begann, seinen Kohlestummel und das übrige Papier einzusammeln. Er wollte möglichst schnell vom Marktplatz fort. Die *Niuewe Kerk* ragte bedrohlich über ihm auf und die Menge starrte ihn immer noch an, als wäre er ein Wolf im Schafspelz, der sich unter die Herde mischen wollte.

»Eigentlich müsste *ich dir* danken. Mein Name ist Joannis ver Meer«, stellte er sich vor und seine grünen Augen ruhten erwartungsvoll auf Jarik. Dieser starrte ihn weiterhin an. Der Name war ihm unbekannt. Auf dem Dorf, wo er herkam, hatte er nie viel aus Delft erfahren. Er wusste nicht, ob dieser Mann angesehen und von Adel war, der ihn gerettet hatte. Innerlich ärgerte er sich über seine Dummheit, die ihn nun wieder in eine unangenehme Situation brachte.

»Ich habe eine Tochter im Alter von knapp vier Jahren, die du vor ein paar Tagen gemalt hast. Sie war mit unserer Magd auf dem Markt und trug ein hellblaues Kleid.«

Jarik wusste sofort, von wem er sprach. Er selbst hatte sich über die Schönheit des Mädchens gewundert. Allein ihr Kleid zeugte davon, dass sie aus einem wohlbegüterten Hause stammte. Aber in Erinnerung geblieben waren ihm besonders ihre aufgeweckten Augen, fast das gleiche Grün, wie Joannis ver Meer sie besaß, nur weniger schimmernd, dafür glänzend und klar, wie die Oberfläche eines Sees inmitten eines Waldes.

»Ihre Augen hatten das gleiche tiefe Grün wie die Ihren, *mijnheer*, ich erinnere mich. Ihr Haar hatte die Farbe der Ähren auf dem Feld, wenn die Sommersonne auf sie nieder scheint. Leider konnte ich die Reflexe nicht mit meiner Kohle zeichnen«, sprach Jarik gedankenverloren und setzte hastig hinzu: »Ich hoffe, sie war nicht enttäuscht über das Werk.«

»Nein, nein, im Gegenteil. Sie erwählte für die Zeichnung einen Ehrenplatz auf dem Tisch neben ihrem Fenster, sodass alle ihr Bild bewundern können«, führte Vermeer aus. »Ja, sie war so begeistert, dass sie jemand gezeichnet hat, dass sie mir es umso übler nahm, dass ich es noch nicht getan hatte«, fügte er nach einer Pause hinzu und sah ihn wieder mit dem erwartungsvollen Blick an, der Jarik unruhig stimmte. Der Fremde schien etwas von ihm zu erwarten, dass er noch nicht verstanden hatte.

»Weißt du, ich bin Maler«, setzte er einen neuen Versuch an und endlich setzte bei Jarik die Erkenntnis ein. Johannes Vermeer war ein Maler in einer Delfter Gilde und würde ihn nun dort anklagen. Da er selbst kein ausgebildeter Maler war, waren seine

Künste nichts Wert. Eigentlich hatte er kein Recht dazu, sie für Geld zu verkaufen.

»Es ... es tut mir leid. Ich brauchte das Geld und das Einzige, was ich zustande bringe, sind diese Skizzen«, setzte Jarik an, doch er wusste, dass er verloren hätte, würde Joannis ver Meer ihn wirklich bei der Gilde anzeigen wollen. Dann hatte seine Zukunft als Maler bereits hier, auf dem stinkenden Markt umringt von Mägden und Knechten, ein jähes Ende gefunden.

»Keine Sorge, ich bin hierher gekommen, um dir ein Angebot zu machen. Dafür, dass du ein ungeformter Maler bist, sind deine Skizzen recht gut und ich könnte Hilfe in meinem Atelier gebrauchen.«

Jarik konnte nicht fassen, was er gerade hörte. Ihm wurde schwindelig bei der Aussicht auf eine Anstellung bei einem Maler. Das hatte er in seinen kühnsten Träumen im Giebel auf dem Hof seiner Eltern nicht zu hoffen gewagt. Für einen Moment schien der Stern am Himmel, den er betrachtet hatte, während er den elterlichen Hof verließ, wieder hell und deutlich für ihn zu leuchten.

Maria ver Meer

Das Atelier war einzigartig. Es lag im zweiten Stock des Hauses, hatte aber noch einen Zugang über eine Treppe zum Dachgeschoss. Oben wurden die Farben angerührt, im unteren Teil stand immer eine Staffelei bereit, auf der das glatte Leinen bereits auf einen Rahmen gespannt worden war. Es war, als wartete sie zu jeder Zeit auf ihren Maler.

Das Atelier befand sich in einem imposanten Gasthaus, von den Bewohnern nur *Mechelen* genannt, direkt am *grote markt,* indem Joannis ver Meer mit seiner Frau Catharina, seiner Tochter Maria und seiner Mutter Digna lebte, und sog durch die vielen Fenster sämtliches Licht von draußen ein. Trotzdem herrschte hier eine Ruhe, die Jarik nicht gewohnt war. Kaum Lärm von den Straßen drang in diesen Raum, da sich die meisten Fenster in den Hinterhof öffneten. Es war wie das Tor zum Himmel. Lichtdurchflutet, ruhig und voller Farben.

Auf einer Anrichte an der Wand lehnte ein fertiges Bild. Es zeigte zwei Häuser, getrennt von zwei Durchgängen, der eine geöffnet, der andere geschlossen. Wein rankte sich entlang der Ziegelmauer und zwei Dienstmägde waren bei ihrem alltäglichen Werk. Das Bild wirkte harmonisch, freundlich und ruhig. Außerdem standen auf einem Regalbrett zahlreiche hölzerne Puppen, die ganz unterschiedliche Bewegungen ausführten. Auch eine Camera obscura entdeckte Jarik. Diese kannte er von Erzählungen von seinem Freund Sander. Der dunkelbraune Holzkasten sollte Malern wohl die Möglichkeit bieten, Bilder möglichst genau abzuzeichnen, die sie wiederum durch ein kleines Loch auf der gegenüberliegenden Wand oder Glasscheibe sehen konnten.

Am meisten an dem Atelier bezauberte Jarik aber das Licht, das durch die Glasscheiben der Fenster in alle Farben gebrochen wurde. Wie ein Regenbogen schimmerten die unterschiedlichsten Farbanteile an den Wänden.

»Wie kann so etwas geschehen ...«, war Jariks erster Satz an diesem – für ihn heiligen – Ort. Er hatte das Gefühl, seine Welt verlassen zu haben, und einen Einblick in eine völlig andere zu erhalten. Womit habe ich dieses Glück verdient, fragte er sich unsicher, während er sich Schritt für Schritt weiter in den Raum vortastete. Im Mittelpunkt des Zimmers stand die große Staffelei, die mit einem Tuch abgedeckt worden war, sodass nicht jeder Hereinkommende das Werk, an dem der *meester* zurzeit arbeitete, sehen konnte. Davor war am Fenster ein Tisch aufgebaut worden. Ein rotes Stofftuch bedeckte ihn und bot einen kontrastreichen Akzent zu der blauweißen Obstschale mit gelben Äpfeln und Pfirsichen, die auf dem Tisch Platz fand. So eine Schale hatte Jarik noch nie gesehen. Sie schien aus einem anderen – weit entfernten Land – zu kommen. Hinter der Szenerie hing ein Bild, das den Gott der Liebe Amor aus der griechischen Mythologie zeigte. Ein roter Vorhang fiel locker über das geöffnete Fenster.

Jarik staunte über dieses Stillleben. Nie wäre er auf die Idee gekommen, die roten Stoffe auf diese Art und Weise einzusetzen. So wirkte das Bild weich, heimelig, aber auch exotisch. Die Stoffe luden zum Verweilen ein und wärmten den Betrachter. Er wurde neidisch auf denjenigen, der in der Mitte dieses Bildes Platz nehmen durfte.

»Gefällt es dir?«, fragte der *meester* und seine Augen blitzten neugierig. Er schien mehr von ihm zu erwarten, als Jarik von sich selbst. Nie hatte er zuvor Kenntnisse erworben, wie ein Gemälde anzufertigen sei. Darum nickte er nur stumm.

»Was gefällt dir am besten?«, hakte er nach und wartete geduldig ab.

Jarik verlagerte sein Gewicht auf das andere Bein. Nervös fuhr er sich durch seine langen braunen Haare, die ihm immer wieder störrisch ins Gesicht fielen. Dann kratzte er sich gedankenverloren an seinem stoppeligen Bart, bevor er bedacht antwortete.

»Der rote Vorhang, *meester*«, sagte er leise und erschrak selbst über seine zurückhaltende Stimme. Sie schien in diesem Raum anders zu klingen. Viel vornehmer als noch vor ein paar Stunden auf dem Marktplatz.

»Wieso?«, wollte Joannis ver Meer wissen und trat einen Schritt auf die Szenerie zu, als wolle er sie noch einmal genauer von Nahem betrachten.

»Er scheint fast zu fließen, so locker liegt er über dem geöffneten Fenster. Er ist wie das einfallende Licht, genauso sanft und fein«, hauchte Jarik und traute sich nicht, den Blick auf *meester* ver Meer zu legen.

Dieser nickte nachdenklich. Trat dann zurück und wandte den Gegenständen seinen Rücken zu. Er schien genug gehört zu haben. Sein Interesse galt nun den Farben.

»Nun, ich habe dich geholt, damit du mir besonders beim Mischen der Farben hilfst. Du wirst lernen sie einzukaufen, zu mischen und die richtige Konsistenz herzustellen. Am besten wäre es, du fingest ab morgen an. Ich nehme an du oder *uw vader* werdet kein Lehrgeld entrichten können. Ich werde dich bezahlen, solange ich viele Aufträge habe und du mir tatkräftig zur Seite stehst. Als Maler ist die Zukunft ungewiss. Ich weiß nicht, ob ich dich die ganze Lehrzeit über bezahlen kann. Darüber musst du dir im Klaren sein. Dafür biete ich dir an, dass du bei mir im Atelier schlafen und gemeinsam mit uns essen kannst«, sagte er.

Jarik nickte glücklich. Der Gedanke daran, die Nächte nicht mehr auf der Straße verbringen zu müssen, wärmte ihn bereits von innen.

»Du weißt sicherlich, dass ich der Gilde mitteilen

muss, dass ich einen Lehrling aufgenommen habe«, setzte der *meester* noch einmal an. »Gute Maler sind rar, darum würde ich ungern auf deine Hilfe verzichten. Darum wirst du von nun an Jarik Stromen heißen, nach dem Ort, an dem du als Waisenjunge aufgegriffen wurdest«, bestimmte er und sein Blick wirkte für einen Moment starr wie ein mit Moos bewachsener Stein.

»Ja, *meester*«, sagte Jarik und spürte, dass in diesem Moment ein Band zwischen ihnen beiden verknüpft wurde, das, genauso wie das Licht sich im Raum mit vielen Strahlen verteilte, nicht sichtbar war. Und dennoch so fest, dass es sie beide fesseln und für immer verbinden würde. In einer Gilde galt der Beruf des Schweinebauern als nicht ehrenwert. Vermutlich wäre *meester* ver Meer die Ausbildung eines solchen Lehrlings untersagt worden. Umso mehr stieg der Druck auf Jarik, seine Arbeit gut zu machen, um den Meister nicht zu enttäuschen. Er spürte, dass diese Möglichkeit vermutlich die einzige in seinem Leben war, um seinem eigentlichen Schicksal zu entgehen. Er dachte an die Sterne, die ihm den Weg weisen sollten, und wusste, dass seiner von den vielen Farben, die das Licht in sich trug, vor allem grünes Licht verbreitete.

Die erste Nacht in seiner neuen Umgebung verbrachte Jarik unruhig. Die vielen Farben auf den Tischen, das verdeckte Gemälde und die Skizzen ließen ihn nicht zur Ruhe kommen. Sein Blut schien schneller durch seine Adern zu fließen, sein Herz schlug doppelt so schnell und in seinen Ohren rauschte die Stille die ganze Nacht.

In den kräftigsten Farben stellte er sich seine Zukunft vor. Die Hauptfarbe, das wusste er, war das satte Grün, das sein Meister in den Augen trug und für ihn neue Hoffnung bedeutete.

Was für ein Glück es gewesen war, dass er die Tochter von ver Meer gezeichnet hatte. Dabei hatte er zuerst gezögert. Die Kleine war viel zu fein angezogen gewesen, viel zu jung, um eine eigene Entscheidung zu treffen. Doch als sie ihn dort sitzen gesehen hatte, wie er gerade die letzten Schattierungen bei dem Porträt einer Hure vorgenommen hatte, die bereitwillig dafür zahlte, weil er besonders ihre Brüste stark hervorhob, war sie zielstrebig auf ihn zugekommen und hatte ihre Bedienstete, die einen Korb voller Äpfel, Birnen, Kartoffeln und Möhren trug, hinter sich hergezogen.

In dem Moment stibitzte ein Bengel zwei Kohlestücke, die er achtlos auf den Boden gelegt hatte. Ärgerlich wollte Jarik ihm etwas hinterherrufen und ihm nachsetzen, doch die glockenhelle Stimme des Mädchens lenkte ihn ab.

»Mal mich«, bestimmte sie in kindlicher Bestimmtheit und rückte ihr goldenes Haar zurecht, dass sich wegen der feuchten Luft – es hatte in der Nacht viel geregnet, was, so spürte es Jarik bereits, ihm eine Erkältung einbringen würde – leicht kräuselte. Die Aufpasserin versuchte das Mädchen von ihrem Willen abzubringen. Doch ihre Versuche blieben vergeblich.

»Mal mich«, forderte sie noch einmal, als die Hure ihm das Trinkgeld mit einem verruchten Blick in den Gürtel geschoben hatte. Er kannte sie bereits von einem der Wirtshäuser, wo er sich abends ab und zu aufhielt. Bei Helligkeit schien sie nicht halb so aufregend oder hübsch, wie Jarik sie in Erinnerung hatte. Ihr Haar war farblos, obwohl sie es mit einem Auszug aus Kermesläusen zu färben schien. Doch die roten Farbpigmente deckten ihre grauen Strähnen nicht gut ab. Ihre Augen waren blutunterlaufen. Sie schien, eine anstrengende Nacht gehabt zu haben. Dennoch umspielte ihre Lippen ein Lächeln, als sie sich sah.

Im Vergleich zu der Hure hätte das kleine Mädchen ein Engel sein können. So unschuldig schien sie, dass Jarik es nicht wagte, sie zu malen.

»Es tut mir leid, meine Kleine, aber ich male nur Erwachsene«, versuchte er sie abzuwimmeln. Doch sie blieb hartnäckig.

»Ich möchte, dass du mich malst. Bitte. Rike wird dich dafür bezahlen«, sagte sie und deutete auf die Bedienstete. Die senkte den Blick und murmelte eine Entschuldigung für das Verhalten des Mädchens. Ihre Stärke und Selbstsicherheit belustigten ihn. Rike schien nicht durchsetzungsfähig zu sein und er fragte sich, wie sie das Mädchen überhaupt erziehen sollte.

»Also gut«, gab er nach. »Aber ich male nur eine Skizze von dir. So schön, wie du bist, kann ich dich mit dieser einfachen Kohle nicht zufriedenstellend abbilden.«

Damit gab sie sich zufrieden. Still stand sie auf dem unruhigen Marktplatz und wartete geduldig, bis er sein Werk vollendet hatte. Als er es ihr gab und sie die Magd aufforderte, ihn zu bezahlen, hob er abwehrend die Hände: »Von einem so jungen Mädchen verlange ich kein Geld. Ich schenke es dir.«

Das bedeutete für Jarik zwar eine weitere Nacht unter freiem Himmel und vermutlich eine starke Erkältung – außerdem war es sein letztes Kohlestück und er wusste noch nicht, wie er neue bezahlen sollte, um weiter auf dem Marktplatz zu arbeiten –, doch der Anblick des zufriedenen Mädchens würde ihn darüber hinwegtrösten, das wusste er.

Nun, als er auf dem Strohlager über den Köpfen der Familie van der Meer lag, dachte er, dass dieses Mädchen sein Schutzengel gewesen ist. Und er wünschte sogar dem Jungen, der seine Kohle geklaut hatte, dass er mit ihr seine Freude haben würde.

Am nächsten Morgen stand er früh auf und begann das Atelier für den Meister herzurichten. Er öffnete die Fenster und ließ die kühle Herbstluft herein. Es war ein goldener Oktobertag und die Sonne schien noch einmal so kräftig, als wollte sie noch nicht wahrhaben, dass bald die dunkle Jahreszeit anbrechen würde.

Beim Öffnen der Fenster berührte er mit seinem Arm den roten Vorhang, den er genauso wie am Vortag über das Fenster fließen ließ, und betrachtete die Falten in dem edlen Stoff. Er hatte sich die Position möglichst genau eingeprägt, um das Bild nicht zu verfälschen.

In dem Moment betrat der Meister das Atelier und trat an den Farbtisch. »Komm her, ich werde dir zeigen, wie man die Farbe Purpur mischt«, sagte ver Meer und winkte Jarik heran. »Anstatt des roten Farbpigments Carmin naccarat, das aus Cochenille gewonnen wird, verwenden wir für dieses Gemälde Kermes. Ich zeige dir, wie man es mischt, dann kannst du den Rest alleine vorbereiten. Morgen wird die junge Dame kommen, um Modell zu sitzen. Bis dahin müssen die Gegenstände möglichst stimmig gefärbt werden, damit ich mich danach auf die Schattierungen konzentrieren kann«, sagte er und begann damit, getrocknete Kermesläuse zu einem wässrigen Auszug zu verarbeiten. »Diese Lösung behandelst du mit eisenfreiem Alaun. Durch Zugabe von anderen Salzen kannst du die genauen Nuancen des Farbtons Rot bestimmen. Es ist wichtig, dass die Farbe derjenigen gleicht, die bereits auf dem Gemälde den Vorhang und das Tischtuch färbt. Schau dir das Gemälde dazu genau an und bedenke, dass die Farbe beim Trocknen etwas ihre Intensität einbüßt.«

Dann ließ er ihn alleine am Arbeitstisch zurück und begann, nachdem er den Stoff von dem Gemälde genommen hatte, das Gemälde des Eros weiter auszufärben.

Wie lange sie so Seite an Seite arbeiteten, vermochte Jarik nicht zu schätzen. Allein der Stand des Sonnenlichts ließ ihn abschätzen, dass bereits viele Stunden vergangen sein mussten.

Meester ver Meer nutzte, um die Perspektive auf dem Gemälde richtig einzuschätzen, einen Nagel, an dem eine Schnur gespannt war. Den Nagel platzierte er im Gemälde. Um die perspektivischen Linien nun auf das Gemälde zu übertragen, verwendete er Kreide, die er an dem Faden abrieb. Ließ er den gespannten Faden gegen das Gemälde schnellen, bildete sich auf der Leinwand ein zarter weißer Strich. So schätzte er unter anderem die Linien von Fliesen, Wänden oder Gegenständen im Raum ab.

»Diese Methode hinterlässt – bis auf den Einstich des Nagels – kaum Spuren«, erklärte ver Meer Jarik gedankenverloren. »Die Methode nutzen viele Architekturmaler, zum Beispiel Pieter de Hooch, er malt Innenräume. Sie dient uns dazu, eine räumliche Illusion zu erschaffen.«

Am späten Nachmittag legte ver Meer den Pinsel zur Seite. »Das Licht ist zu schwach, im Herbst kann ich nur bis zum Nachmittag arbeiten«, sagte er und sein Blick verriet etwas Wehmut. Auch Jarik war enttäuscht, hätte er dem *meester* doch gerne noch länger bei der Arbeit zugesehen, während er die Farben mischte. Die rote Farbe des Kermes, die Jarik vorbereitet hatte, lobte er und sie passte sich tatsächlich ausnahmslos an die bereits vorhandene Farbstruktur an.

Zufrieden entließ van der Meer seinen Lehrling am ersten Tag von der Arbeit. Jarik verschloss die Farben und machte sich auf den Weg in die Küche, um seinen knurrenden Magen zu beruhigen. Die Dienstmagd, mit der die Tochter bei ihm am Marktstand gewesen war, bereitete gerade eine Gemüsesuppe zu, die über dem Herd blubberte. Sein knurrender Magen verriet ihn bereits, bevor er etwas an die Magd richten konnte. Sie reichte ihm einen Laib Brot und etwas Käse. Dabei achtete sie darauf, ihm möglichst nicht in die Augen zu sehen. Das Zusammentreffen auf dem Marktplatz beschämte sie noch zu sehr. Seit einem Jahr arbeitete sie nun bei den van der Meers. Aber die kleine Maria konnte sie einfach nicht zähmen, wenn sie alleine mit ihr unterwegs war. Das Mädchen schien nicht zu bemerken, dass sie sie mit ihrer kindlichen Forschheit verletzte. Sie spürte Jariks Blick auf ihrem Gesicht. Schnell beugte sie sich tiefer über die Zwiebel, die sie gerade bearbeitete, um ihre Röte zu überdecken. Dadurch spritzte die Zwiebel brennende Flüssigkeit in ihre Augen und sie wischte sich verlegen eine Träne von der Wange. Da hörte sie ein Kichern unter dem Tisch. Verwundert bückte sie sich, während sie die Zwiebel und das Messer in der Hand behielt unter die Arbeitsplatte und erschrak, als sie in das glühende Gesicht von Maria blickte. Messer und Zwiebel fielen auf den Küchenboden und das Mädchen sprang erregt über diesen Spaß aus ihrem Versteck hervor und zwischen Jarik und der am Boden kauernden Rike hin und her.

Jarik schaute bestürzt auf die Dienstmagd, die verzweifelt versuchte, ihre Scham zu überspielen. Wie wenig Selbstvertrauen sie hatte und wie jung sie eigentlich war, bemerkte er erst jetzt. In ihm regte sich der Beschützerinstinkt und ohne nachzudenken, wandte er sich an Maria: »Dafür solltest du dich bei Rike entschuldigen. Es ist ungezogen für ein kleines Mädchen, einen Erwachsenen so zu erschrecken«, sagte er ruhig und betrachtete Maria abschätzend. Sie hörte auf zu springen und blieb vor ihm stehen. »So?«, fragte sie und lächelte keck. »Zeigst du mir, wie man malt, wenn ich mich entschuldige?«

»Das ist ja fast eine Erpressung«, sagte Jarik, aber der Mut des Mädchens ließ ihn schmunzeln.

»Es tut mir leid«, sagte Maria zu der Magd und sprang zur Tür hinaus. Im Flur blieb sie stehen und winkte energisch mit der Hand. »Komm schon, Jarik.«

Er lachte, warf noch einen Blick auf Rike, die das Messer und die Zwiebel mittlerweile aufgehoben hatte, und dabei war, die Zwiebel weiter zu schneiden, und wandte sich ebenfalls zum Gehen. Er wusste, dass Maria ihren Willen bekommen würde – und zwar immer.

Ihre Haare kitzelten an seinem Bart, als sie sich auf seinen Schoß zwängte. Sie wippte freudig und ihre Locken sprangen wild auf und ab.

»Gib mir *de kohlen*«, verlangte sie und griff nach einem Papier. Nachdenklich kräuselte sich ihre Stirn und sie begann an der Kohle zu lutschen.

»Lass das, davon bekommst du eine schwarze Zunge«, ermahnte Jarik sie und schob sie von seinem Schoß auf die Bank neben sich. Er wollte nicht, dass *meester* ver Meer einen falschen Eindruck von ihm bekam. Auch wenn er sich mit seiner Familie gut zu stellen beabsichtigte, wollte er ihr nicht zu nahekommen. Das würde nur Probleme geben.

Maria sah ihn verschmitzt an und streckte ihm die Zunge raus. Nicht nur die war schwarz, auch ihre Lippen und ihre vorderen Zähne. Sie sah aus wie ein kleiner Teufel, nur ihre goldenen wippenden Locken passten nicht dazu.

»Schau, wie du aussiehst. Mach dich erst sauber, dann erkläre ich dir, wie man zeichnet«, befahl Jarik und wartete geduldig, bis sie sich gewaschen hatte.

Er griff nach einem Kohlestift und spitzte ihn mit einem Messer an. »Was möchtest du zeichnen?«, fragte er und beobachtete Maria belustigt, wie ihr Blick den Raum durchwanderte, aus dem Fenster flog und wieder zu ihm zurückkehrte. »Ich möchte einen Menschen malen, genauso wie Papa. Dich!«, bestimmte sie und sah ihn erwartungsvoll an.

»Mich?«, fragte er ungläubig. »Dabei kann ich dir nicht helfen, ich kann mich ja nicht selber sehen.«

Er lachte belustigt über ihren Fehler. Doch sie gab sich nicht zufrieden: »Warte, ich hole etwas.«

Wenig später kehrt sie mit einer Platte zurück. Es dauerte, bis Jarik verstand, was sie dort trug. Es war ein Spiegel. So etwas hatte niemand bei Jarik im Dorf besessen. Nur reiche, feine Leute konnten es sich leisten, sich einen Spiegel anzuschaffen. Wozu sollte man sich auch darin ansehen. Es gab keine Möglichkeit, damit Geld zu verdienen oder Essen zu beschaffen. Er war nur ein Gut für sich selbst und darin sah Jariks Familie keinen Nutzen. Es versetzte ihm einen kleinen Stich ins Herz, wenn er an seine Familie dachte. Was machten sie wohl gerade? Es war bald Abendbrotzeit. Vermutlich fütterte Vater gerade die Schweine, während Mutter in der Küche stand und eine Fleischpastete zubereitete, für deren guten Geschmack sie im ganzen Dorf berühmt war. Sein Magen knurrte, obwohl er gerade erst vom Laib Brot gegessen hatte.

Der Spiegel glänzte im Licht und zuerst sah Jarik nur die Sonnenstrahlen, eingefangen in dieser einfachen Platte und wieder losgelassen in Jariks Augen. Doch dann bewegte sich Maria etwas und er blickte in zwei haselnussbraune Augen, deren Rand in dunkles Grün überging. Rundherum war helles Weiß, durchzogen mit winzigen roten Linien. Berührt griff Jarik an den Rand des Spiegels und hielt ihn näher vor sein Gesicht. Sein dunkles Haar war zerzaust und hing quer über seiner hohen Stirn. Am liebsten hätte er sie geglättet, doch der Spiegel war schwer und er wollte ihn noch nicht wieder abstellen. Zu sehr beeindruckte ihn sein eigenes Spiegelbild, das doch so fremd für ihn war. Buschige Augenbrauen überschatteten seine Augen mit langen dunklen Wimpern. Seine Nase war lang und spitz, fast reichte sie bis zum Mund, der wohlgeformt und rosa darunter lag. Seine Wangenknochen standen hervor und ließen sein Gesicht knochiger wirken, als es sich mit seinen Händen angefühlt hatte. Die Wochen ohne Obdach hatten ihre Spuren auf seinem Gesicht hinterlassen. Dunkle Ringe unter seinen Augen zeugten von langen, schlaflosen Nächten. Dennoch leuchteten seine Augen wie die von Meister van der Meer oder Maria. Etwas, das sie alle verband.

Langsam senkte er den Spiegel wieder. Maria hatte ihn währenddessen genau beobachtet. Als er nun sein Haar zu ordnen versuchte, schmunzelte sie. »Du bist dreckig«, sagte sie spitz und griff nach seiner Hand, um ihn in den Hof zu führen. Dort stand eine Wanne bereit. Sie zeigte ihm, wo er sie mit Wasser füllen konnte und ließ ihn allein, um den Schmutz aus Kleidung und Haut zu reiben.

Dass sie ihn malen wollte, schien sie kurzzeitig vergessen zu haben. Doch Jarik glaubte, dass das Mädchen etwas anderes im Schilde führte. So klug, wie sie war, würde sie ihren Willen, den sie noch nicht bekommen hatte, nicht einfach vergessen.

Griet van Dijck

Als Jarik die Augen öffnete und in die Sonnenstrahlen des frühen Morgens blinzelte, erschien es ihm, als sehe er die Welt zum ersten Mal. Sie war farbiger und facettenreicher als eh und je. Es war, als würde das Sonnenlicht durch ein Stück Glas gebrochen und verteile seine Farbigkeit auf alle Gegenstände unter ihm.

Das Holz des Ateliers erschien Jarik nicht mehr so braun, wie am Vortag, sondern mit Maserungen aus den Tönen Schwarz, Rot, Braun und Orange. Das Heu auf dem er geschlafen hatte, erstrahlte in den morgendlichen Strahlen goldig braun mit Facetten eines hellen roten, etwas weißen und hellen Brauntons. Als er geblendet von der Farbvielfalt zum Fenster trat und auf die Stadt blickte, die unter ihm lag, fühlte er sich ihr erhaben, als wäre er auserwählt, das Besondere zu sehen. Dankbar hob er den Blick gen Himmel und bemerkte, dass auch die Wolken eine andere Farbe trugen, als er angenommen hatte. Sie waren nicht blau oder weiß – sie waren weiß, gelb und grau. Diese Farbmischungen in der Natur, die sich ihm vorher nicht auf diese Weise erschlossen hatten, faszinierten ihn so sehr, dass er am liebsten sofort angefangen hätte, mit den Farben des Meisters die Natur auf diese neue Art und Weise, wie er sie sah, festzuhalten. Doch das wagte er nicht. Van der Meer hatte mit keinem Wort angesprochen, dass Jarik in nächster Zeit lernen würde, zu malen. Er war für die Farben zuständig, nicht für die Gemälde. Dennoch hoffte Jarik, dass es sich der Meister bald anders überlegen würde. Zu gerne würde er auch vor der Leinwand stehen und das Sichtbare und Unsichtbare für andere festhalten.

Als es an der Tür klopfte, schrak Jarik auf, erhob sich von seinem Strohlager und öffnete die Tür des Ateliers. Das Sonnenlicht, das durch die Glasscheiben in das Atelier fiel, beleuchtete eine junge Frau in dem ansonsten so dunklen Flur. Sie war über und über in gelben Stoff gehüllt. Dazu trug sie ihre goldgelben lockigen Haare elegant hochgesteckt. Einzelne Strähnen hingen herab und umspielten ihr vornehmes spitzes Gesicht, aus dem ihn zwei wache Augen neugierig musterten. Der Blick aus den Augen, die eine ungewöhnliche Mischung aus grünen und blauen Farbanteilen hatten, machte ihn nervös. Unruhig trat er von einem Bein auf das andere, nicht sicher, wie er sich verhalten sollte.

»Willst du mich nicht hereinbitten?«, fragte das Mädchen schließlich und ihre Augen blitzten keck. Sie schien keinerlei Scheu ihm gegenüber zu empfinden und auch die Tatsache, dass sie mit einem Fremden allein in einem Atelier war, störte sie nicht das Mindeste. Jarik fragte sich, wer dieses außergewöhnliche Mädchen sein mochte.

Unsicher trat Jarik ihr aus dem Weg und winkte sie mit einer Armbewegung an ihm vorbei. »Der *meester* ist noch nicht da«, sagte er nur und kam sich tölpelhaft vor in seiner einfachen Kleidung. Zum Glück hatte er sich gestern in der Wanne gewaschen, sodass ihm sein Körpergeruch nicht allzu streng vorkam. Sie dagegen duftete nach Lavendel und Rosmarin, während sie an ihm vorbeiging und in die Mitte des Raumes trat. Dort blieb sie stehen und betrachtete seine Schlafstätte. »Du bist der Lehrling?«, hakte sie weiter nach.

»Ja, mein Name ist Jarik d… Stromen«, sagte er hastig und verbeugte sich tief. Das Blut schoss ihm in den Kopf und er spürte, wie seine Wangen anfingen zu glühen.

»Jarik«, als sie seinen Namen aussprach, klang er zum ersten Mal vornehm und schön. Er merkte, wie sich auch seine Ohren rosarot verfärbten, und er wandte sich schnell der Szenerie am Fenster zu. Er öffnete es, um den Geruch nach Schlaf aus dem Atelier zu vertreiben, und ließ den Vorhang wieder über den Rahmen fließen. Dann prüfte er die Situation solange, bis sie identisch mit dem auf dem Gemälde war und wandte sich der Farbmischung zu. Er öffnete die Gläser, die er gestern fertiggestellt hatte und bereitete alles Nötige für den Meister vor. Währenddessen ließ ihn die junge Dame nicht aus den Augen. Sie streifte durchs Zimmer und ihr gelbes, langes Kleid bauschte sich bei jedem Schritt hinter ihr auf und knisterte, als würde man feinstes Papier aufschlagen. Unauffällig versuchte Jarik den Schmutz von seiner Kleidung zu streifen, doch dadurch verteilte er rote Farbe, die an seinen Händen klebte und er ließ es beschämt bleiben.

In dem Moment schwang die Tür zum Atelier auf und der Meister trat mit großen Schritten in die Mitte des Raumes auf die junge Dame zu. »Was für ein herrlicher Morgen, nicht wahr, Frau Griet van Dijck«, sagte ver Meer und reichte ihr seine grazile ebenso hellhäutige Hand.

»Wunderbar, *mijnheer*, wunderbar. Und diese Situation, die sie geschaffen haben, genau wie ich sie mir vorgestellt hatte«, sagte sie und warf Jarik einen intensiven Blick zu. Er hatte sie während ihres Schreitens durch den Raum beobachtet und konnte seinen Blick nicht von ihr lassen, bis sie ihn direkt ansah. Nun wandte er sich ertappt den Farben zu und überlegte, wie er die Farben mischen könnte, um das Gelb ihres Kleides zu erhalten.

Joannis ver Meer überging den Blickwechsel und winkte sie heran. »Ich möchte, dass sie sich hinter den Tisch stellen, mit diesem Brief in der Hand. Es wird eine Erklärung an die Liebe, so wie sie es gewünscht haben. Sie werden sicherlich zufrieden damit sein, genauso wie ihr Verlobter«, betonte er. Das letzte Wort klang im Atelier nach und Jarik musste sich beherrschen, nicht aufzusehen. Natürlich waren Damen wie sie bereits jemandem versprochen. Dennoch hatte Jarik, dessen Leben sich zurzeit so glücklich entwickelte, für kurze Zeit Phantasien gehabt, die ihm nicht zustanden. Halte dich zurück, Jarik, ermahnte er sich selbst, Hochmut kommt vor dem Fall.

Griet van Dijck griff nach dem Brief, der in dem Moment lauter knisterte als ihr Kleid, stellte sich vor das Fenster und das Licht erleuchtete sie und den gelben Stoff wie eine Blume, die sich der Sonne zuwendet und ihre Blüte öffnet. Ihre Schönheit war unverkennbar und Jarik fragte sich, ob ver Meer ihre Anwesenheit ebenfalls so körperlich spüren konnte, oder ob er den Anblick solcher Damen gewöhnt war. Er jedenfalls schien mit kühlem Kopf arbeiten zu können. Gewissenhaft prüfte er ihre Position, dirigierte sie und fing schließlich an, nachdem er den passenden Pinsel gewählt hatte, Jariks Farben auf die Leinwand aufzutragen. Dabei stütze er seine rechte Hand an einem Malstock mit Elfenbeinknauf ab, um sie möglichst ruhig zu halten.

Ver Meer verwendete das gelbe Auripigment, das er Königsgelb nannte. Jarik hingegen hatte bereits nach wenigen Stunden seinen eigenen Namen dafür gefunden: Apfelgelb. Die Farbe wirkte verführerisch wie die Farbe eines Apfels, der von einer Seite tiefrot von der Sonne bemalt worden war und deren andere Seite, die im Schatten verborgen zum Baum hin hing, jungfräulich geblieben war. Genauso sah er die Schöne, die nun gedankenverloren auf den Brief blickte, der sich in ihren Händen wölbte. Sie stand im Zentrum des Gemäldes. Über ihr ließ ver Meer viel Platz, um der Wand und dem herabfallenden Vorhang Raum zu geben und den Blick des Betrachters auf ihr Profil zu lenken. Sie war in unschuldiges Gelb gehüllt, das ihre Reinheit und ihren Wohlstand repräsentierte. Ob sie adelig war, vermochte Jarik nicht zu sagen, vermutlich hatte ihre Familie viel Geld mit Geschäften gemacht und wollte nun die jugendliche Schönheit ihrer Tochter in einem Gemälde festhalten, um es dann als Brautgeschenk für die Hochzeit zu überreichen.

Ein Verlangen breitete sich in ihm aus, das ihn bisher noch nicht ergriffen hatte. Die wenigen Huren, mit denen er mitgegangen war, seitdem er in Delft war, hatten jeglichen Reiz verloren, wenn er sie im Hellen sah oder wenn der Alkohol aus seinem Blut gewichen war. Sie jedoch schien bei Tageslicht erst ihre volle Schönheit zu entfalten. Er wagte es kaum, sich vorzustellen, was passieren würde, würde sie seine Zuneigung erwidern. Sein Blick glitt über ihren grazilen Hals, an dem eine glänzende goldene Kette hing, hinab über ihre gewölbte Brust, die sich gleichmäßig hob und senkte. Ihre schmalen Handgelenke zitterten leicht, je länger sie das Papier hielt, als wöge dessen Inhalt so viel wie ein Krug Milch. Was in dem Brief stehen mochte, könnte tatsächlich schwer wiegen und könnte, so überlegte Jarik, ganz

Delft bewegen. Wie sehr wünschte sich Jarik, dass sie über *seine* Worte so erregt sein würde, wie über die in diesem Brief. Dass sie seinetwegen alles stehen und liegen ließ, zum Fenster lief und in der warmen Oktobersonne seine Zeilen las. Jarik seufzte, er konnte noch nicht mal lesen oder schreiben, wie konnte er sich einbilden, dieser Schönheit etwas zu bedeuten? Die wenigen Worte, die er von seinem langjährigen Freund Sander beigebracht bekommen hatte, als sie zusammen über die Felder ihres Dorfes wanderten, in unendlichen Sommerstunden, konnte er kaum mehr zusammenfügen. *Sander!* Sein Herz zog sich zusammen. Er hatte sich gar nicht verabschieden können. Was er nun von ihm denken mochte? Könnte er ihm doch nur schreiben und ihm mitteilen, dass es ihm gut ginge. Vielleicht hatten seine Eltern ihm gesagt, wo er nun zu finden war. Doch würde er ihn in einer so großen Stadt wie Delft finden? Jetzt, wo er auch noch seinen Namen geändert hatte? Heimweh füllte sein Herz, wo gerade noch Verlangen geschlagen hatte. Wie eng lagen in seiner Brust gerade erwachte Leidenschaft und heimatliche Liebe.

»Ich brauche noch mehr Königsgelb, *jongen*«, verlangte *meester* ver Meer und streckte die Hand aus. Jarik reichte ihm die frisch gemischte Farbe und wagte es, noch einen Blick auf Griet van Dijck zu werfen. Sie stand unverändert da, doch ihr Atem ging nun schneller, ihre Augen bewegten sich unruhig und ihre Hände zitterten mehr. Sie schien ungeduldig zu werden.

»Wie lange dauert es denn noch, ver Meer?«, fragte sie und ihre kindliche Ausdrucksweise überraschte Jarik, hatte er von ihr eigentlich ein eleganteres Verhalten erwartet.

»Sie müssen sich noch etwas gedulden. Aber wenn Sie möchten, nehmen Sie doch einen Moment Platz. Ich muss nun sowieso eine neue Schicht Gelb für ihr Kleid auftragen, dafür müssen sie nicht stehen bleiben, *juffrouw*«, beruhigte der Meister sie und das Mädchen nahm dankbar raschelnd Platz.

Ver Meer begutachtete sein Gemälde im Vergleich zur Szenerie eine ganze Weile. Die Wolken zogen vor dem Fenster vorbei, und auch Jarik begann sich zu fragen, was dem Meister durch den Kopf ging. Plötzlich ging er um seine Staffelei herum und griff nach der Schale mit Äpfeln und Birnen, die auf dem Tisch stand und stellte sie zur Seite, zog das rote Tuch vom Tisch und betrachtete den kahlen Tisch.

»Einen Moment«, flüsterte er in Gedanken und rauschte aus dem Atelier. Wenig später kam er mit einem Orientteppich zurück, bauschte ihn über den Tisch, sodass er mehrere Falten warf, und legte die Schale schief darauf. Einige Äpfel und Birnen kullerten heraus und blieben auf dem Teppich liegen. Er schien zufrieden mit der Unordnung, die er angerichtet hatte.

»Aber ... *mijnheer*«, hauchte die junge Dame überrascht und betrachtete das herausgefallene Obst.

»Ja ... So ist es besser«, sagte er eher zu sich selbst, als zu uns und ging zurück an seine Staffelei. »Ich glaube, für heute reicht es. Kommen Sie in zwei Tagen wieder, *juffrouw*.«

Sie nickte, legte den Brief vorsichtig zur Seite und verließ den Raum, ohne sich noch einmal umzudrehen.

Jarik betrachtete die neue Szenerie nachdenklich. Er fühlte sich an den Gemüsehändler erinnert, dachte an die Äpfel, die über den Boden gekullert sind, als die Menge immer aufgebrachter wurde.

»Es ist ein Drama«, sagte er plötzlich, selbst überrascht, dass er laut sprach. »Die Äpfel und Birnen, das offene Fenster, die Unordnung – die Frau ist unglücklich verliebt, voller Sehnsucht. Als sie den Brief bekam, rannte sie zum Fenster, riss es auf und dabei stieß sie gegen die Schale. Aber das interessiert sie nicht, nur die Worte ihres Geliebten zählen für sie.«

Meester ver Meer wandte sich zu Jarik, als hätte er jetzt erst bemerkt, dass er noch da ist. Dann nickte er und in seinen Augen lag ein Ausdruck des Wissens, der Jarik ins Herz traf.

Sander van Aelst

Sander war es, der Jarik sein Talent zum Malen gezeigt hatte. Es war ein kalter Dezembermorgen, die Fuhrwege waren vereist, die Felder mit Eiskristallen überzogen und der erste Schnee kündigte sich zaghaft an. Zunächst fiel er in feinen Flocken, als wäre er noch zögerlich, unentschlossen, ob er wirklich bleiben wolle, dann wurden die Schneeflocken stärker und bedeckten wie ein weißes Laken allmählich Land und Häuser.

Sander und Jarik nutzten den Wintertag, um gemeinsam über die Felder zu jagen. Schließlich hatte Sander die Idee gehabt, auf dem See in der Nähe seines Hauses zu schlittern. Jarik hätte eigentlich seinen Eltern bei der Schweinefütterung helfen sollen, doch er war über jede Minute froh, die er nicht dort verbringen musste. Darum sagte er seinem Freund zu und hoffte, die Strafe würde am Abend nicht allzu hart ausfallen.

Sander stank nie nach Tieren, und besonders nicht nach Schweinen. Seine Familie verdiente ihr Geld mit dem Handel von Getreide und konnte davon viel besser leben, als Jariks Eltern. Darum trug Sander im Winter warme Schuhe aus Leder. Jarik beneidete seinen Freund oft um dessen schönes Leben. Aber am meisten wünschte er sich, genauso wie Sander,

Schreiben zu lernen. Der Grund, weshalb Sander es erlernen durfte, war der Handel seiner Eltern. Er sollte ihn später übernehmen und dafür musste er Listen schreiben können. Darin standen die Mengen, die verkauft wurden, die Preise und die Käufer. Damit sich nachher niemand beschweren konnte, dass die Lieferung falsch gewesen sei. Sander jedoch interessierte sich wenig für den Getreidehandel, aber das Lesen gefiel ihm sehr. Er las alles, was er in die Finger bekam und versuchte es Jarik, wenn er ihn traf, mit schillernden Worten zu erzählen.

Als die Jungen Seite an Seite über die Felder marschierten, fühlten sie sich auf eine gewisse Art verbunden. Sander erzählte gerade die Geschichte von einem Riesen, der eine Prinzessin entführt hatte, als Jarik stehenblieb. »Wie wird das geschrieben, Riese?«, fragte er seinen Freund.

»Das ist nicht schwer«, sagte dieser und schrieb mit einem Ast die Buchstaben in den frisch gefallenen Schnee. Jarik bewunderte die Kunstfertigkeit, mit der Sander den Ast hielt und Formen damit zeichnete. Es sah grazil aus und ließ Jarik für einen Moment an dieser unbekannten Welt der Worte teilhaben, in die er so gerne auch hineingelangen würde. Doch als er seinen Eltern seinen Wunsch Lesen und Schreiben zu lernen mitteilte, lachten diese nur.

»Das hat dir der *jongen* van Aelst eingeredet, was?«, hatte sein Vater höhnisch gesagt und tief gelacht. Er hatte nie Lesen gelernt und war der Meinung, dass man das als Schweinezüchter auch nicht zu können brauche. Seine Mutter hatte verständnisvoll reagiert. Jarik wusste, dass auch sie sich ein besseres Leben wünschte. Sie stammte es aus einer armen aber eifrigen Familie mit sechs Kindern. Sie war das jüngste Mädchen gewesen und die Eltern waren froh, als auch sie verheiratet worden war. Insgeheim hatte sie ihre älteren Brüder beneidet, die des Schreibens und Lesens kundig waren. Sie hatten es in ihrem Ort von einem gelernten Buchdrucker beigebracht bekommen, während sie vor dem Herd stehen und das Essen und den Haushalt besorgen musste.

Jarik betrachtete aufgeregt das Wort Riese, nahm Sander den Ast ab und versuchte es nachzuzeichnen. »*Goed*«, lobte ihn Sander, als er die Buchstaben kontrollierte. Er gähnte, Sander war es überdrüssig, die Geschichte zu erzählen. Zu gern wollte er die Eisfläche ausprobieren. Er ließ seinen Blick über die spiegelglatte Oberfläche gleiten, die in der Sonne glitzerte. Er wollte gerade loslaufen, als er bemerkte, dass Jarik noch mit dem Ast in den Schnee schrieb. »Das war doch schon gut. Komm, ich will auf die Eisfläche«, drängelte Sander. Jarik sah auf, er war ganz in Gedanken gewesen. Er ließ den Ast fallen und wandte sich Sander zu. Der betrachtete erst neugierig und dann erstaunt, was Jarik in den Schnee gezeichnet hatte: Ein großer Riese stapfte durch den

Schnee und er trug auf seinen Schultern etwas, das aussah wie eine Prinzessin. Dafür war der Ast allerdings etwas zu grob gewesen und der Schnee zu pulverig. Sodass sich die Figur des Fräuleins im Schnee verlor.

»Hast du das jetzt gezeichnet?«, fragte Sander ungläubig und seine dunklen Augen weiteten sich.

Jarik nickte, betrat die Eisfläche und stieß sich mit einem Fuß ab. Die Holzschuhe schlitterten nicht ganz so gut wie Sanders feine Schuhe, dafür konnte er mit ihnen besser bremsen.

»Seit wann zeichnest du schon?«, wollte Sander weiter wissen. Er hatte einige Bilder in den Büchern seiner Eltern gesehen und Jariks Riese im Schnee war mindestens genauso schön.

»Ach, noch nicht so lange. Ich habe eigentlich auch keine Zeit. Aber wenn ich etwas Kohle finde, dann male ich auf Steine, zum Beispiel an unsere Wand im Stall. Da habe ich mal eine ganze Schweineherde gezeichnet«, sagte Jarik und lachte, als er sich erinnerte, wie sein Vater diese Schaar schwarzer Schweine entdeckt hatte. Zuerst war er ziemlich böse gewesen, weil Jarik die Wand beschmiert hatte. Aber als er es sich länger ansah, gefiel es sogar ihm, so viele Schweine im Stall zu haben und diesmal ausnahmsweise auch schwarze.

Sander sagte nichts mehr. Doch seitdem forderte er Jarik immer wieder auf etwas für ihn zu malen. Mal etwas Getreide, dann ein Roggenfeld oder ihn selbst. Was er mit den Bildern machte, sagte er nicht, aber im Gegenzug brachte er ihm bei Buchstaben zu lesen.

Delft

November 1657

Apfelgelb

Die Arbeit mit Joannis ver Meer wurde schwerer. Obwohl er am Anfang zufrieden und gut gestimmt gewirkt hatte, war der *meester* oft bedrückt und schlecht gelaunt. Jarik bemerkte, dass ihn die Arbeit an dem Gemälde mit Griet van Dijck missmutig stimmte. Etwas gefiel ihm nicht. Aber Jarik traute sich nicht ihn darauf anzusprechen. Stattdessen arbeitete er stumm an dem Farbtisch und versuchte seinem Meister auf alle erdenkliche Art und Weise eine gute Hilfe zu sein. Er übernahm Botengänge in Delft, besorgte Gegenstände für das Atelier, überbrachte die Post an andere Maler der St.-Lukas-Gilde oder kaufte Pulver und Tinkturen für Farben und Firnis beim Apotheker D. de Cock. Nur an die Staffelei durfte er nicht heran und das ärgerte Jarik. Er war nun fast einen Monat bei ver Meer in Anstellung. Er hatte von anderen Lehrlingen, die er bei seinen Botengängen kennengelernt hatte, gehört, dass es Monate dauern könne bis er das erste Mal an eine Leinwand herantreten dürfe, doch trotzdem war er unzufrieden und mürrisch. Er konnte zeichnen und er würde es auch beweisen.

Seine Künste konnte er bei Tochter Maria ausleben. Sie vergötterte Jarik und er las ihr jeden Wunsch von den Augen ab. Abends, wenn er frei hatte, saß er gemeinsam mit ihr in einer der vielen dunklen Ecke des Hauses am *grote markt* und zeichnete. Zuerst hatten sie einfache Gegenstände geübt. Einen Stuhl, ein bestimmtes Haus oder einen Garten. Nun wagte er sich mit ihr an Details heran. Letztens hatten sie gemeinsam vor der Haustür auf den Stufen und gesessen und den Nachbarshund oder die Wollverkäuferin mit ihrem langen braunen Kleid aus einfachstem Stoff, zusammengehalten mit einer Kordel, gezeichnet. Maria gefiel alles was sie malten und sie setzte Jariks Hinweise mit einer solchen Leidenschaft um, dass er sie für ihr Können in ihrem jungen Alter – schließlich war sie bald erst vier Jahre alt – bewunderte. Schon nach kurzer Zeit waren ihre Finger flink und gewandt und wenn sie einen Kohlestift in die Hand nahm, war es fast, als verlängerte sich dadurch nur ihr Finger. Jarik wusste, dass sie es einige Jahre später zu etwas bringen könnte, wenn auch ihr Vater sie zu fördern verstand. Er spürte, dass das Marias großer Wunsch war, den sie sich von ihm noch erhoffte: Er möge ein gutes Wort bei ihm einlegen, nicht nur dafür, dass auch er sie einmal malen würde, sondern, dass er ihr das Malen selbst beibringen möge.

Ver Meer selbst hatte sechs Jahre bei dem Maler Leonaert Bramer gelernt. Seit 1653 war er Mitglied der St.-Lukas-Gilde, in der natürlich nur Männer Mitglieder sein dürfen. Noch ein Grund für Maria, sich regelmäßig aufzuregen. »Ich werde nie eine richtige Malerin sein«, heulte sie. Und Jariks Aufgabe bestand darin, sie zu trösten.

»Ich habe mir immer einen großen *broer* gewünscht«, sagte sie plötzlich, als sie einen Vogel zeichneten, der vor ihnen Brotkrumen aufpickte. Jarik sah sie überrascht an. Sie standen sich nah, aber so einen Vergleich – wie ein Bruder – hätte er sich nie erlaubt. Nie würde er vergessen, woher er kam und welchen Stand die Familie ver Meer zurzeit in Delft hatte. Dennoch fühlte er sich geschmeichelt und lächelte sie dankbar an. Anstatt zu antworten, warf er einen Blick auf ihr Bild.

»Mir gefällt die Art, wie du zeichnest«, sagte er nur und wusste beim Anblick ihrer Augen, dass er keine bessere Antwort hätte geben können.

Als am nächsten Tag Griet van Dijck zur vorletzten Sitzung erschien, war Joannis ver Meer noch ins Gespräch mit seiner Frau Catharina vertieft. Es ging um die Schänke »Mechelen« unten im Haus und die laufenden Kosten. Anscheinend hatte sich ver Meer von einem gewissen Pieter Claesz van Ruijven eine beträchtliche Summe leihen müssen. Sichtlich genervt schickte der Meister Griet schon mal hoch ins Atelier. Er würde so schnell es ginge nachkommen.

Jarik war gerade dabei die Fenster zu öffnen, sodass das Licht stimmig war, als sie neben ihm stand. Ihre Augen taxierten ihn und er sah keinen Ausweg aus der Anziehung ihres vermischten Blaugrüns, umkränzt mit hellen Wimpern.

»Wie mischst du das Gelb für *mijn jurk*?«, fragte sie und der Satz klang wie eine Aufforderung. Zögernd ging er zum Tisch und nahm Schwefel und Arsen. Er zeigte ihr, wie man die Stoffe pulverisierte. »Die Farbe heißt Königsgelb ... aber ich nenne es Apfelgelb«, sagte er leise, während er die Stoffe fein rieb und sie ihre Farbe von Rot in Orange bis hin zu Gelb veränderten. »Ver Meer hat erzählt, dass die Farbe schon im Altertum das leuchtendste Goldgelb gewesen sei«, plapperte Jarik weiter. »Die Ägypter haben die Stoffe schon zur Herstellung von Farben verwendet.«

Sie trat näher an ihn heran. Jarik spürte den warmen Körper neben seinem. Sein Mund wurde trocken. Er hoffte, sie würde ihm keine weitere Frage stellen. Er hatte das Gefühl, keine Laute mehr hervorbringen zu können.

»Wieso nennst du sie so?«, fragte sie neugierig und rückte noch einen Schritt näher an ihn heran, was eigentlich kaum möglich war. Jarik spürte, wie ihm der Schweiß den Rücken hinabrann. Er hoffte, dass nicht in diesem Moment der *meester* hineinkommen und sie beide so eng beieinander sehen würde.

»Die Farbe ist wie die eines Apfels an der sonnengeschützten Seite«, versuchte er ihr zu erklären, aber er fand nicht die richtigen Worte, fand seinen Satz ungelenk und brach ab.

Vor zwei Wochen war er an einem freien Nachmittag durch Delft gestreift, an der *Nieuwe Kerk* vorbei, entlang der Wohnhäuser am *Lange Geer*, einem Kanal mitten in der Stadt. Er hatte das Wasserspiel beobachtet, die Häuserzinnen, die sich auf der glatten Wasseroberfläche spiegelten. Dann war er durch das Rotterdamer Tor gelaufen, über die doppelte Klappbrücke, die zu einer Schiffswerft am Fluss Schie führte. Hier dümpelten zwei Büsen, Schiffe, die für die Heringsschifffahrt genutzt wurden. Die Mischung von Wasser und Land in Delft faszinierte Jarik seit dem ersten Tag. Und immer wieder zog es ihn hin zu den Kanälen und kleinen Grachten. Es war wie ein kleine Flucht hinaus in die Natur. Bei ihm zuhause waren es die Felder gewesen, die ihn milde gestimmt hatten, hier war es nun der unaufhörliche Strom des Wassers. Während seines Spaziergangs hatte er einen kleinen Apfelbaum am Wasser in der *Nieuwe Plantage* östlich des *Haag Poorts* entdeckt und sich daran niedergelassen.

»Aber ist nicht die süße Seite des Apfels, die rot gefärbt ist, die schönere?«, fragte sie weiter. Der Schwefel war nun vollends verrieben.

»Die rote Seite ist der Sonne ausgesetzt, sie hat sie verändert. Die Seite des Schattens ist für mich die geheimnisvollere. Die auch besonders gut schmeckt«, sagte er. In dem Moment hörte er Schritte vor der Tür und ließ rasch den Mörser los. Auch Griet van

Dijck trat einen Schritt zurück und richtete ihr Kleid raschelnd. Dann trat Joannis ver Meer ein, richtete seinen Blick auf Jarik und erst dann auf Griet van Dijck. Sie standen unbewegt, wie Abbilder ihrer selbst auf einem Gemälde.

Nachdem sie gegangen war, atmete Jarik tief durch. Die ganze Zeit, während der *meester* sie gemalt hatte, hatte er das Gefühl, einen Gürtel um die Brust geschnürt zu haben, der erst durch ihre Abwesenheit geöffnet wurde. Er hatte versucht, ihren Blicken auszuweichen, um ver Meer keinen Grund zu geben, über ihre Nähe, als er hereinkam, nachzudenken, doch Griet van Dijck schien zu wissen, was sie wollte. Immer wieder hob sie den Blick, um Jarik zu mustern, seine Bewegungen zu studieren und ihn anzulächeln. Schließlich hatte ver Meer ihn zum Apotheker geschickt, um neues Schwefel zu kaufen. Dankbar verließ Jarik wenigstens für eine Stunde an diesem Tag das Atelier.

Nun war er mit dem *meester* alleine. Er schloss das Fenster, richtete den Vorhang und stellte die Farben an die Seite.

»Sei auf der Hut, sie ist ein gutaussehendes, aber naives Fräulein. Sie weiß nicht, was passieren kann. Vergiss nicht, wer du bist«, sagte ver Meer plötzlich und sah Jarik direkt in die Augen. Jarik nickte, wagte aber nichts darauf zu sagen. Zum zweiten

Mal an diesem Tag war seine Kehle trocken und er wünschte sich, ein Bier vor sich stehen zu haben.

Abends verließ er hastig das hellerleuchtete Haus der ver Meers, die Besuch erwarteten, und flüchtete in ein Wirtshaus hinter der *Nieuwe Kerk*. Er ließ sich mit der farblosen Dirne ein, die er auf dem Markt gezeichnet hatte. Sie erkannte ihn sofort wieder und zog ihn nach ein paar Bier mit sich. Mitten in der Nacht schleppte Jarik sich müde und geschafft zurück zum *Raadhuis Markt*. Die Fenster der ver Meers waren dunkel, die Kerzen heruntergebrannt. Als er auf seiner Schlafstätte lag, ausgestreckt und mit dem Geruch von Farbe in der Nase, war er immer noch unruhig. Sein Geist fand keine Stille und vor seinem Auge schimmerte die Farbe Apfelgelb.

Jarik war froh, dass am nächsten Tag die letzte Sitzung mit Griet van Dijck sein würde. Danach hätte er keinen Grund mehr, sie wiederzusehen und er könnte sich wieder vollständig auf seine Ausbildung bei ver Meer konzentrieren. In Gedanken ging er die Konzeption des Gemäldes noch einmal durch. In ein paar Tagen würde der Meister es vollenden und Jarik würde es nie wieder sehen. Wer weiß, wo es später einmal hängen würde.

Er bewunderte die Genauigkeit ver Meers, mit der er es verstand, die Farben aufzutragen. Manche in dicken Schichten, um Details hervorzuheben. Den

Vorhang malte er mit einem anderen Pinsel, als das gelbe Kleid, um die unterschiedlichen Strukturen darzustellen. Die Falten des Kleides trug er dicker auf, sodass die Schattierungen besser zu sehen waren. Und für eine Farbe verwendete er viele Farbtöne, um eine Natürlichkeit herzustellen, die das Abbild fast an das Original heranreichen ließ. So lagen unter der letzten Schicht Apfelgelb auch ein roter Farbton und eine grüne Schicht verborgen.

Griet van Dijck und ihr Verlobter würden zufrieden sein mit dem Werk, glaubte Jarik. Er jedenfalls wäre es. Die Schönheit und Sehnsucht, die die junge Dame, versunken in den Brief darstellt, müsste den Verlobten begeistern. Schließlich sollte es seinen Brief darstellen, der sie so sehr bewegte.

Mit diesen Gedanken schlief Jarik ein und als er am nächsten Morgen aufwachte, fühlte er, dass das Laken schweißnass war.

Als Griet van Dijck mit Verspätung das Atelier betrat, schien sie verstimmt zu sein. Ihr Lächeln war schief und nicht echt, ihre Augen blitzten nicht wie gewöhnlich und ihr Haar war nicht ganz so korrekt gesteckt, wie Jarik es von ihr gewöhnt war. *Meester* ver Meer schien nichts zu bemerken, er dirigierte sie an ihren gewohnten Platz und begann sofort mit der Arbeit. Diese verlief schweigend. Auch Griet van Dijck nutzte an diesem Tag keine Gelegenheit, um Jariks Blick anzulocken, im Gegenteil, sie blieb stumm und blickte auf den Brief, als wäre er das Spannendste in diesem Raum.

Jarik fühlte sich betrogen. Gestern noch hatte sie ihn umgarnt und heute ließ sie ihn stehen. *Verdomde vrouw*, dachte Jarik und auch seine Laune kippte in den folgenden Stunden zusehends. Nicht einmal, dass der *meester* ihn an das Gemälde herantreten ließ und ihm erklärte, warum er einzelne Pinselstriche verändert hatte, stimmte ihn fröhlicher. Der Tag verlief ohne große Worte und als Griet van Dijck sich verabschiedete, geschah dies auch ohne großen Aufhebens. Sie verschwand sang und klanglos aus dem Atelier.

Joannis ver Meer seufzte, schloss das Fenster und hing den Vorhang davor.

»Hoffentlich kann ich das nächste Mal etwas Ehrliches abbilden«, sagte er schließlich in den Raum und betrachtete ein letztes Mal sein Werk.

»Wie meinen Sie das, *mijnheer*?«, fragte Jarik und biss sich fast auf die Zunge. Denn in dem Moment, als er die Frage aussprach, spürte er bereits, dass die Antwort in dem Bild lag. Niemals würde sich Griet van Dijck so auf einen Brief ihres Verlobten stürzen, das wussten sie beide.

Der Meister ließ Jarik alleine im Atelier zurück. Er müsse noch ein paar Besuche machen, entschuldigte er sich und schon fiel die Tür ins Schloss. Jarik sah sich im Atelier um. Es gab nichts mehr für ihn zu tun. Der Zauber der Szenerie war verschwunden.

Der Orientteppich zusammengerollt und die Schale mit Obst würde Rike wieder hinunter in die Wohnstube tragen. Auch der rote Vorhang war abgenommen worden. Der Raum erschien Jarik karg und leer. Er setzte sich müde auf sein Strohbett und überlegte, ob er hinunter zu Maria gehen sollte. Sie würde sicherlich schon auf ihn warten, als die Tür wieder aufschwang. Hatte der Meister etwas vergessen, schoss es Jarik durch den Kopf, als er Stoff rascheln hörte.

»Haben Sie etwas vergessen, *juffrouw*?«, fragte Jarik verdutzt, Griet van Dijck vor sich stehen zu sehen und sprang von seinem Bett auf, um ihr auf einer Höhe in die Augen sehen zu können.

»Ja, in gewisser Hinsicht schon«, sagte sie und trat einen Schritt auf Jarik zu. Ihr Lächeln war wieder wie eh und je und in ihren Augen funkelten viele kleine Juwelen. Ihr Atem und ein Geruch von Blumen umgaben Jarik, als sie so nah herantrat, dass er den Stoff ihres Kleides an seinen Beinen fühlen konnte.

»Wieso wart Ihr heute so schlechtgelaunt?«, fragte Jarik, weil ihm nichts Besseres einfiel und er die Situation möglichst normal erscheinen lassen wollte. Was würde sein Meister sagen, wenn er davon wüsste, dass sie beide zusammen alleine im Atelier waren.

»Weil ich weiß, dass wir uns nicht mehr wiedersehen werden«, sagte sie offen heraus und ihre blitzenden Augen warteten erwartungsvoll seine Reaktion ab. Jarik sog die Luft langsam ein.

»Nun, Ihr Gemälde ist fertig. Sind Sie nicht zufrieden?«

»Gefällt es Ihnen?« Ihre Brust hob und senkte sich, während die Luft aus ihrem halbgeöffneten Mund herausströmte.

Jarik nickte zaghaft und versuchte einen Schritt zurückzutreten, doch da war bereits das Stroh seines Bettes.

»Was gefällt Ihnen am besten?«, hakte sie nach. Jarik saß in der Zwickmühle, er musste sie dazu bewegen zu gehen. Doch wie sollte er das schaffen? Die junge Frau wusste genau, was sie wollte und etwas in Jarik wollte es ebenfalls. Nur seine Vernunft hielt noch dagegen, zu sehr schätzte er die Anstellung bei van der Meer.

»Ihr Haar im Sonnenlicht«, sagte Jarik schließlich und trat mit einem Schritt um sie herum, auf das Gemälde zu, um es ihr zu erklären. »Es wirkt wie goldenes Stroh, wie aus dem Märchen, kennen sie das? Wo Stroh zu Gold gesponnen wird?«

Sie lächelte versonnen.

»Ihr Haar gefällt mir auch sehr gut.«

Ehe er reagieren konnte, hatte sie ihre elfenbeinfarbenen Finger in seine braunen langen Haare vergraben und zog ihn zu sich. Ihre Lippen waren weich. Es war etwas anderes Griet van Dijck im Arm zu halten, als eine der Frauen aus der Schänke zu umklammern. Griets Körper war zaghaft und doch bestimmt, die Frauen, die er bisher geküsst hatte, waren forsch und derb.

Griet löste sich nur langsam aus der Umarmung.

»Ich komme wieder«, flüsterte sie.

»Wann?«, flüsterte Jarik und vergaß für einen Moment seine Fassung.

Sie lächelte ihn an und ließ ihn im Atelier stehen.

Erst jetzt fiel ihm auf, dass ihre Aussage wie eine Drohung geklungen hatte.

Rike

Dass es soweit kommen würde, hätte Rike nie für möglich gehalten. Der junge Malerlehrling, der seit einigen Wochen im Hause der ver Meers wohnte, hatte sich schnell mit der ganzen Familie gutgestellt. Er war offen, freundlich und eifrig. Eigenschaften, die die Familie sehr schätzte. Umso mehr sie ihn mochten, desto mehr wurde Rike zurückgedrängt. Das Mädchen war außer sich. Ihre Stellung war auch vor Jariks Anstellung schon schwierig genug gewesen.

Die Hausherrin Catharina ver Meer wusste, dass sie nicht gut mit Maria auskam. Das Mädchen war schwierig, weil es sie nicht als Respektsperson ansah. Dennoch gab sie ihr Bestes, um von der Familie geschätzt zu werden. Doch nun war sie in Jariks Schatten zurückgedrängt worden. Er nahm jegliche Aufmerksamkeit, die die Familie für ihre Angestellten übrig hatte, ein. Rike seufzte. Nicht einmal an die freien Tage, die Rike sich gewünscht hatte, wurde durch die Herrin noch gedacht. Dabei feierte ihre Mutter bald Geburtstag und sie hatte sie schon seit über einem halben Jahr nicht gesehen.

Auch Maria war schwieriger geworden. Seitdem sie von Jarik bevorzugt behandelt wurde, fühlte sie sich als etwas Besonderes und ließ sich von ihr nichts mehr sagen.

Wütend schnitt Rike die Kartoffeln in Scheiben. Das Messer lag schwer in ihrer Hand. Es war bereits später Nachmittag und das Essen sollte in wenigen Minuten fertig sein. Die Köchin hatte sie wieder kurzerhand eingespannt, weil sie selbst noch auf dem Markt etwas Pastete besorgen wollte. Denn heute Abend sollte ein Gast mit der Familie speisen. Immer lasse ich mich ausnutzen, dachte Rike und unterdrückte eine Träne. Seit sie bei der Familie van der Meer war, wurde es Tag um Tag schwieriger für sie. Sie vermisste ihre eigene Familie und dass sie eigentlich für die Kindererziehung zuständig war, gab ihr auch keinen Trost. Sie vermisste ihre eigenen Geschwister. Die waren gut erzogen und liebevoll, nicht egoistisch und vorlaut. Sie kam mit diesen Eigenschaften nicht gut klar. Aber das konnte sie ihren Eltern nicht sagen. Sie waren froh, dass Rike eine Anstellung gefunden hatte und das bei so einer guten Familie. Die ver Meers werden dich immer gut bezahlen, hatte ihr Vater gesagt. Er wusste von den außergewöhnlichen Fähigkeiten des jungen Malers. Sie dagegen hatte noch nie ein Bild von ihm gesehen. Auch gefiel ihr nicht, dass jeden Tag nun diese Frau van Dijck oben in der Galerie saß. Der Lehrling starrte sie immer an, als zöge er ihr in Gedanken die wunderschönen Kleider aus, dabei war sie doch seit längerem mit diesem Bäcker verlobt. Das hatte Rike jedenfalls von ihrer Herrin gehört, die im Gesellschaftsraum mit ihrem Mann besprochen hatte, für wen das Bild sein sollte.

Sie nahm die letzte Kartoffel aus dem Korb und begann sie hastig zu schälen, als es an der Tür polterte. Vor Schreck rutschte ihr das Messer ab und drang in die Haut zwischen Daumen und Zeigefinger. Rike heulte auf und ließ das Messer fallen. Da ging die Tür auf. Vor Schreck, es könnte die Köchin sein, die sie bei dem Missgeschick erwischte, verschwand Rike unter dem Tisch und saugte den Dreck aus der blutigen Wunde. Hoffentlich würde sie gleich im Speisezimmer verschwinden. Der Tisch musste noch gedeckt werden, sonst würde die Herrin wieder sauer sein.

Rike hörte Schritte, die um den Tisch herumgingen und jemanden, der sich gegen den Tisch lehnte. War die Köchin so außer Atem von ihrem Gang zum Markt? Sie war zwar alt, doch so hatte sie sie noch nie erlebt. Vorsichtig linste Rike über die Tischkante, um nachzusehen, ob es der Köchin gut ginge.

Auf dem Tisch saß Griet van Dijck mit hochgeschobenem gelbem Kleid, das nun laut und deutlich knisterte. Verdutzt starrte Rike sie an. Was machte die junge Dame auf dem Küchentisch? Da erst bemerkte sie einen Mann, der fast ganz von dem Stoff des Kleides verdeckt wurde. Griet van Dijck lehnte sich zurück, stöhnte und krallte sich mit ihren schönen, elfenbeinfarbenen Fingern in das Holz des Tisches. In dem Moment, als die Frau den Kopf nach hinten warf, erkannte Rike den Mann, der die junge Dame offensichtlich pflügte. Es war der Lehrling. Rike schnappte nach Luft und verkroch sich schnell wieder unter den Tisch. Wie konnte er es wagen, sich mit einer Verlobten einzulassen? Und dann auch noch mit einer Kundin seines Meisters?

Atemlos wartete Rike still, bis das Schäferstündchen über ihr ein Ende gefunden hatte. Innerlich hoffte sie, dass die Köchin hereinkommen möge. Andererseits könnte sie sie entdecken und Rike Vorwürfe machen, dass sie sie nicht auseinandergebracht hatte. Hilflos hockte sie weiter unter dem Tisch, bis die Liebenden kichernd und knisternd aus der Küche verschwanden. Es war still, als die angeschnittene Kartoffel von der Arbeitsplatte rollte und vor Rike auf den Boden fiel.

Das Essen wurde gerade noch rechtzeitig fertig. Rike hörte bereits Männerstimmen auf dem Flur. Wer wohl mit der Familie speisen würde, fragte sich die Dienstbotin, während sie die letzten Schalen und Messer säuberte und wegräumte. Danach nahm sie ihr eigenes karges Mahl gemeinsam mit der Köchin am Küchentisch ein. Pastete gab es für sie nicht, die war den Familienmitgliedern und dem Gast bestimmt.

Ausnahmsweise sollte auch Jarik de Boer mit der Familie speisen. Normalerweise aß er mit den

Dienstboten, um die private Atmosphäre nicht zu stören. Doch ver Meer hatte seiner Frau befohlen, ihn mit an den Tisch zu lassen, da es sich um einen Malerfreund handelte und Jarik von seiner Anwesenheit und seinem Wissen profitieren könnte.

Rike beneidete Jarik um seine Gunst bei dem Meister. Sie hatte er noch nie wirklich angesehen. Wenn sie in seinen Gemächern putzte und er ausnahmsweise anwesend war, schien er meistens genervt, dass sie ihn störte. Umso entsetzter war sie über den Vorfall, der sich in der Küche abgespielt hatte.

»Wer wird heute mit der Familie essen?«, fragte sie schüchtern.

Rike hatte ihren ganzen Mut zusammen genommen. Eigentlich gehörte es sich nicht, zu neugierig zu sein. Doch die betagte Köchin tratschte ebenfalls gerne. Dass die neue Dienstmagd so schweigsam war, hatte sie zunächst verstimmt, doch mit der Zeit gewöhnte sie sich an Rike und lernte ihre Ruhe und Verschwiegenheit zu schätzen.

»Es ist ein gewisser *meester* van Buyten, ein Bäcker aus Delft, wie ich hörte. Er ist der Verlobte von Griet van Dijck, die dem Maler Modell gestanden ist«, sagte sie und schlürfte lautstark die Gemüsesuppe.

Rike verschluckte sich fast an ihrem Bissen. Der Verlobte von Griet van Dijck saß mit am Tisch? Das konnte nichts Gutes bedeuten, dachte Rike erschrocken.

»Ein gutaussehender stattlicher Mann. Wie ich hörte, ist er sehr vermögend. Die Hochzeit mit Griet van Dijck wird seinen gesellschaftlichen Stand festigen. Schließlich stammt auch sie aus einer angesehenen Delfter Familie. Ein traumhaftes Paar sozusagen, was? Da kann man als junges Ding fast neidisch werden«, plapperte die Köchin weiter und warf einen prüfenden Blick auf Rike. Doch die vertiefte sich bereits wieder in ihre Suppe. Sie hatte genug gehört.

Delft

Dezember 1657

Piet de Boer

Martje de Boer war innerlich zerbrochen. Seitdem ihr Sohn vor drei Monaten nach Delft gegangen war, um dort sein Glück zu machen, wurde sie immer schwächer. Der Verlust ihres einzigen Sohnes machte ihr mehr zu schaffen, als Piet erwartet hatte.

Dass Jarik heimlich in der Nacht verschwunden war, würde er ihm nie verzeihen. Ein richtiger Mann hätte sich den Konflikten gestellt und wäre nicht weggelaufen. Aber ein *echter* Mann war Jarik ja noch nie gewesen. Andere Söhne wären froh, eine so gute Schweinemast von ihrem Vater übernehmen zu können. Wieso war Jarik mit dieser wichtigen Aufgabe nicht zufrieden?

Während er nach der Hand seiner geliebten Frau griff, deren Wärme vor einigen Monaten mit Jarik gegangen war, erinnerte er sich an die Nacht, in der Jarik geboren worden war. Zum ersten Mal in seinem Leben hatte er ein richtiges Gefühl der Freude und des Glücks verspürt. Er hatte einen Sinn in seinem einfältigen Leben entdeckt. Er würde etwas hinterlassen, nicht nur seine Schweine, sondern sein eigen Fleisch und Blut, das seine Aufgabe weiter führen und seine Kenntnisse erlernen würde.

Diesen Wunsch trug er tief in seinem Herzen.

Noch nicht einmal mit Martje hatte er darüber gesprochen. Doch ein Ereignis hatte ihn bereits an seinen Hoffnungen zweifeln lassen. Es war vor einigen Jahren, Jarik war gerade zwölf Jahre alt geworden, als er in die Scheune trat und ihm ein Geschmier an der Wand auffiel. Sein Sohn hatte, anstatt die Schweine auszumisten, weitere Tiere mit Kohle auf die Steine gemalt und schaute Piet, als er hereintrat, belustigt an. Zuerst war er sauer, sein Sohn hatte die Arbeit schließlich nicht gemacht, die er ihm aufgetragen hatte. Bald würde es dunkel werden und die Schweine würden gefüttert. Das ging nicht in dem Dreck, in dem sie standen. Außerdem stank es ganz erbärmlich im Stall. Doch Jarik schien das nicht zu bemerken. Er strahlte über das ganze Gesicht, während Piet auf ihn zukam. Anscheinend verlangte er Lob von ihm.

»*Vader*, siehst du, was ich gemalt habe? Ich habe dir noch mehr Schweine gemalt«, sagte Jarik erfreut.

Vielleicht war es der letzte Satz, den Piet umstimmte oder einfach nur das Wort *mehr*. Jarik liebte das Zeichnen, aber trotzdem spürte er, dass die Schweinezucht so, wie sie bisher war, nicht genug für die Familie abwarf. Piet hatte schon öfter darüber nachgedacht, sie zu vergrößern. Doch die Last, die bereits auf seinen Schultern lastete, war zu groß für eine Person. Aber wenn sein Sohn mithelfen würde, könnte er es schaffen. Das Jahr war gut gelaufen. Die Preise für Schweinefleisch standen gut.

Er könnte noch mehr kaufen.

Er schluckte den Ärger hinunter und zerzauste seinem Sohn die Haare.

»Nun wird aber ausgemistet, *jongen*«, sagte er bestimmt und griff nach einer Schaufel.

Vor seinen Augen spielten sich im Schnelldurchlauf die kommenden Jahre ab. Er stand mit seinem jungen Sprössling im Schweinestall, erklärte ihm, wie man sie zu füttern und zu pflegen hatte. Wieder ein paar Jahre weiter und er konnte ihm bereits schwere Arbeit abnehmen. Bis er schließlich in die wohlverdiente Ruhe entlassen werden konnte, während Jarik mit einer Frau an seiner Seite selbst den Hof übernahm, eine Familie gründete und mit ihr dort lebte. So war der Lauf des Lebens. Wie konnte er meinen, dass dieser nicht für ihn gelten würde? Als Jarik ihm von seinen Plänen, Malerlehrling in Delft zu werden, erzählte, wusste er, dass er niemals mehr dieses Gefühl des Glücks spüren würde. Nun war sein Leben geprägt von Ängsten, was die Zukunft bringen würde.

Langsam und gleichmäßig knetete er die Hände von Martje. Ihre Augenlider waren schwer, sodass sie fast über die Pupille hingen. Auch jegliche Farbe war aus ihren Wangen gewichen.

»Hast du was von Jarik gehört?«, fragte sie mit gebrochener Stimme. Er schüttelte seinen Kopf. Immer die gleiche Frage, Tag für Tag. Er wünschte, sein Sohn würde Vernunft annehmen und rechtzeitig zurückkommen. Sein Inneres sagte ihm, dass das Herz seiner Frau diesen Schmerz und die Ungewissheit nicht länger ertragen würde.

Schweinezüchter wie wir sind eben nicht gemacht für einen ehrbaren Beruf, dachte Piet und schlurfte in die Küche, um sich und seiner Frau etwas gepökeltes Fleisch zu holen.

Laut und drängend klopfte es an der Tür. Es war bereits dunkel draußen. Während Piet noch überlegte, ob er die Tür öffnen sollte, hörte er eine bekannte Stimme von draußen.

»Piet de Boer? Sind Sie da? Ich bin es, Sander.«

Es dauerte, bis Piet an der Tür war. Seine Beine schmerzten ihm von Tag zu Tag mehr. Doch wer sollte sich um die Schweine kümmern, wenn er nicht aufstand?

Er entriegelte die Tür und ließ Sander herein. Er war durchgefroren. Kein Wunder, der Winter hatte bereits Einzug gehalten und die Nächte waren frostig. »Was willst du, *kameraad*?«, fragte Piet, während er in die Küche zurückkehrte.

»Wo ist Jarik? Ich habe im Dorf Gerüchte gehört, er soll nach Delft gezogen sein, um zu malen. *Is dat juist?*«, fragte Sander ungläubig und sah sich in der schmutzigen Stube um. Auf dem Tisch stapelte sich das Geschirr. Piet hatte keine Zeit gehabt, um es wegzuräumen.

Piet brummte nur zur Zustimmung. Er hatte keine Lust über Jarik zu sprechen.

»Hat er eine Anstellung gefunden?«, fragte Sander weiter. Piet seufzte. »Wir haben nichts mehr von ihm gehört, seit er im September gegangen ist«, sagte er ruhig, aber bestimmt. Sander verstand sofort. Er war im Streit gegangen und hatte seine Eltern unwissend zurückgelassen. Er konnte die Verzweiflung in Piets Blick sehen, der sonst so beständig und wärmend war. Seit seiner Kindheit kannte Sander nun den Vater von Jarik und auch wenn dieser ihn für das was er tat verachtete, schätzte Sander die Kraft, die er seiner Familie schenkte.

Aber wo war Martje, fragte er sich. Sie war sonst immer diejenige, die öffnete und ihn mit warmer Milch verwöhnt hatte. Er traute sich nicht zu fragen. Um Piets Augen lagen Sorgenringe und er schien nicht in der Stimmung, sich bei jemandem aussprechen zu wollen.

»Ich werde ihn suchen«, entschied Sander plötzlich und überraschte sich selbst mit der Entscheidung. Eigentlich hatte er sich auf den ruhigen Monat gefreut, wollte Zeit mit seiner Familie verbringen, weil zurzeit wenig zu tun war. Das Getreide war verkauft und es stellte sich eine Winterruhe ein. Die Weihnachtsvorbereitungen waren im Gange und es roch im ganzen Haus nach Gewürzen. Doch er dachte an Jarik und wo er jetzt wohl sein mochte. Seine Frau würde seine Suche verstehen.

»Ich fahre nach Delft.«

Und damit machte er kehrt. Ließ den verdutzten Piet in der Küche stehen und trat in die eisige Kälte hinaus.

Hendrick van Buyten

Mit wem er es zu tun hatte, konnte Jarik nicht ahnen, als er dem stattlichen, gutaussehenden Herrn, der in edle Stoffe gehüllt war, die Hand, die mit wertvollen Ringen bestückt war, schüttelte. Er durfte an diesem Abend trotz des angekündigten Besuchs mit am Tisch der Familie ver Meer sitzen. Der Meister hatte es persönlich so bestimmt.

Jarik spürte, wie sein Herz ihm fast bis zum Hals schlug.

Eigentlich hatte er gar keinen Appetit. Die Ereignisse des Tages hatten ihn so sehr aufgewühlt, dass sein Magen rumorte. Griet van Dijck war wieder zurückgekommen, eher als Jarik es erwartet hatte. Bereits drei Tage nach ihrer letzten Sitzung für das Gemälde besuchte sie die Frau des Meisters, um mit ihr Tee zu trinken. Jarik lauschte auf der Treppe, während sie im Flur begrüßt wurde. Es war Samstag und der Meister hatte noch nicht mit einem neuen Bild angefangen, sodass Jarik wenig zu tun hatte. Er hörte, wie Stühle im Zimmer der Herrin gerückt wurden, Tassen klimperten und das zurückhaltende Lachen von van der Meer war zu hören.

Er konnte sich auf nichts mehr konzentrieren. Dass sie ihm Haus war, lenkte ihn so sehr ab, dass er meinte, nie wieder einen klaren Gedanken fassen zu können. Was würde sie von ihm erwarten? Sollte er hinuntergehen und ihr ein Zeichen geben? Sie war wegen ihm hier, da war er sich sicher. Sie und *vrouw* ver Meer hatten sich noch nie richtig unterhalten, warum sollte sie nun zum Tee vorbeikommen?

Die Zeit kroch nur so dahin. Unruhig schlenderte Jarik durch das Atelier, beobachtete die Straße, falls Griet schon wieder gehen würde, setzte sich dann auf sein Strohbett und versuchte ruhiger zu werden. Schließlich entschloss er sich zu Maria zu gehen. Sie würde ihn ablenken können und außerdem würde er dann vielleicht hören, wann Griet sich verabschiedete. Er klopfte zweimal an die Zimmertür des Mädchens und wartete. Doch es war nichts zu hören. In dem Moment kam Joannis ver Meer in den Flur. »Sie ist mit der Köchin unterwegs. Sie holt noch etwas Pastete für heute Abend«, sagte er und verschwand in einem der Zimmer. Jarik blieb auf dem Flur zurück und wusste nicht, was er nun tun sollte. In dem Moment öffnete sich die Tür des Damenzimmers und Griet kam heraus. Als sie ihn sah, begannen ihre Augen zu leuchten.

»Können wir kurz reden?«, fragte sie und sah ihn durchdringend an. Jarik überlegte kurz, dann entschied er sich für Küche. Wenn die Köchin Pastete kaufen gegangen war, wären sie an diesem Ort ungestört.

»Die *keuken*«, sagte Jarik nur und wollte vorgehen, doch sie griff nach seinem Arm und zog ihn mit sich, als kenne sie sich besser in diesem Haus aus als er. Sie stolperte gegen die Tür, so energisch schritt sie aus, lächelte ihn an und küsste ihn leidenschaftlich. Schnell öffnete er die Tür und schob sie in die Küche, um nicht zufällig *meester* ver Meer zu begegnen. Er schob ein Holzscheit so an die Tür, dass sie klemmen würde, sollte sie jemand zu öffnen versuchen. Dann führte er sie um den Küchentisch herum. Ihre Hände vergruben sich in seinen Haaren und alles, was er sah, waren grüne Diamanten, die für ihn funkelten wie Sterne. Das Kleid knisterte laut und er hoffte, dass sie niemand hören würde. Doch bald war seine Scham verflogen und er genoss es, sein Verlangen endlich zu stillen.

Als er nun am Tisch saß mit seinem Meister und dessen Familie, fühlte er sich unwohl. Er meinte, die Schuld, die er auf sich geladen hatte, müsste wie eine Farbe an ihm kleben und ihn enttarnen. Doch niemand schien etwas zu bemerken, dabei lag Jarik der Geruch des Beischlafes, seines und ihres Schweißes und der Geruch von Lavendel stark in der Nase.

Ver Meer und der Gast, der sich als Hendrick van Buyten vorgestellt hatte, unterhielten sich über den Kunstmarkt in Amsterdam. Jarik hielt den Atem an. Amsterdam schien für ihn unnahbar zu sein. Würde er irgendwann auch einmal dorthin kommen, vielleicht sogar als berühmter Maler? Sein Herz pochte schneller und er spürte, wie seine Wangen glühten.

Die Wärme des Kamins und die heiße Suppe taten ihr Übriges. Wieder rann ihm der Schweiß den Rücken hinunter. Doch das machte ihm nichts. Zum ersten Mal fühlte er sich lebendig.

»Wie ich hörte, war Griet van Dijck heute Nachmittag hier?«, fragte der Gast plötzlich und Jarik wandte überrascht den Kopf.

»Ja, *mijn vrouw* hatte sie zum Tee eingeladen. Nachdem sie so lange oben in meinem Atelier gestanden ist, wollte sie auch etwas von ihrer bezaubernden Verlobten haben«, sagte Joannis ver Meer und prostete van Buyten mit einem vollen Weinglas zu. Jarik blieb fast das Möhrenstück im Halse stecken. Verlobter? Das war ihr Verlobter? Sein Herz schlug nun so schnell, als wollte es aus seiner Brust springen. Er warf einen unsicheren Blick zu ver Meer, doch er schlürfte seine Suppe.

Warum hatte der *meester* Jarik eingeladen, mitzuspeisen? Wusste er etwas? Jarik fühlte sich plötzlich sehr unwohl. Sein Magen rumorte lautstark und er meinte, der Tisch schwanke vor seinen Augen. Kaum konnte er dem Gespräch, das um ihn herum stattfand, mehr folgen. Wortschnipsel schnappte er auf: »wunderschönes Bild«, »Hochzeitsfeier«, »zwischen Weihnachten und Silvester«, »neues Haus für die Familie«. Sie schwirrten in Jariks Kopf umher, ohne einen sinnvollen Zusammenhang zu bilden. Er musste hier raus. Um seine Brust schnürte sich der Gürtel noch enger zu. Zum ersten Mal sehnte er sich so stark nach seinem Elternhaus, dass es ihn schmerzte. Wie gerne würde er jetzt die Schweine füttern. Sein Vater musste nun fast fertig sein. Ob es ihm und seiner Mutter gut ging? Er wollte ihnen schon länger einen Brief zukommen lassen. Doch seit er den neuen Namen trug, traute er sich nicht, andere darüber einzuweihen, woher er wirklich kam. *Meester* ver Meer wollte er auch nicht mit so etwas belästigten. Auch über freie Tage hatten sie noch nicht gesprochen, sodass Jarik nicht wusste, ob er Weihnachten zu Hause verbringen könnte, oder ob der Meister ihn brauchen würde. Bisher stand noch kein neues Motiv für ein Gemälde im Atelier. Vor Jariks verschwommenem Blick baute sich die Szenerie mit Griet auf. Er sah gelben Stoff, der mit feinen Seidenfäden durchwebt war und in der Sonne glitzerte wie ein herabgefallener Stern. Das Licht brach sich durch das Fensterglas und umhüllte sie in einem Wirrwarr aus Farben. Plötzlich änderte sich die Situation. Neben ihr stand ihr Verlobter. Groß und mit wehendem schwarzen gepflegten Haar. Seine Haut war dunkler als ihre und mit seinen breiten Schultern wirkte er wie ein Bär.

Jarik erschrak, als der Teller vor seiner Nase abgeräumt wurde. Hatte er überhaupt aufgegessen? Es gehörte sich nicht, wenn man eingeladen war, nicht aufzuessen. Doch er konnte sich nicht erinnern. Für einen Augenblick schaute er in die Augen von Rike. Sie waren hellblau wie der Himmel und genauso leer.

Unter ihren Augen waren tiefe Ringe. Sie sah traurig aus. Jarik senkte seinen Blick und betrachtete seine Hände auf seinem Schoß. Sie zitterten. Gerne wäre er jetzt alleine, draußen an der frischen Luft, doch die Gespräche im Speisezimmer würden sich noch lange hinziehen und wenn er eher ginge, erregte es bei den Übrigen Aufmerksamkeit.

»Was meinst du dazu, Jarik Stromen?«

Jarik zuckte zusammen und hob den Blick. Hendrick van Buyten musterte ihn und wartete eine Antwort ab, doch worauf?

»Jarik ist noch nicht lange mit dem Kunstgewerbe vertraut«, übernahm Meister ver Meer die Antwort für Jarik. »Er ist erst seit knapp drei Monaten *mijn leerling*.«

»Und dennoch hat er bereits die Farben für mein Gemälde gemischt«, stellte er nachdenklich fest. »Das zeugt von Können und Geschick.«

Der Meister nickte kaum merklich. Dann lenkte er das Thema auf einen weiteren Maler aus Delft. Das Gespräch floss nur noch so dahin und Jarik wartete ungeduldig auf das Ende des Abends. Als sich Hendrick van Buyten und Joannis ver Meer zurückzogen, um noch etwas Geschäftliches zu besprechen, flüchtete Jarik in die kühle Dezemberluft. Er ging langsam durch die leeren Straßen Delfts und schaute in das eine oder andere beleuchtete Fenster. Er sah Familien, die zusammensaßen und sich unterhielten. Plötzlich musste er würgen. Er stützte sich kraftlos an eine Hauswand und entleerte seinen gereizten Magen. Danach ging es ihm etwas besser. Vielleicht konnte er es wagen und noch ein Bier in einem Wirtshaus trinken. Er brauchte Ablenkung.

Das Wirtshaus war voll und stickig. Da es bereits spät geworden war, war die Stimmung dementsprechend erhitzt. Die Männer hatten mehrere leere Bierhumpen vor sich stehen. Jarik ließ sich einen Bierkrug auffüllen und setzte sich in eine ruhigere Ecke. Nachdenklich beobachtete er einen gut betuchten Mann, der das Bier für die anderen Männer um ihn herum ausgab. Auf seinem Schoß saß die Hure, die Jarik gezeichnet hatte. Sie schien zufrieden mit dem Abend zu sein. Der Mann steckte ihr immer wieder etwas zu, umfasste ihre breite Taille und ihre vollen Brüste. Es würde nicht mehr lange dauern, bis sie ihn mit zu sich nahm.

Jemand setzte sich neben Jarik, ebenfalls mit einem Glas Bier und ebenfalls schweigsam. Umso mehr überraschte es ihn, als er sich plötzlich an ihn wandte.

»Bist du nicht der Lehrling von *meester* ver Meer?«, fragte der junge Mann. Jarik nickte. Sein Sitznachbar war höchstens zwanzig, hatte fettiges, blondes Haar und ein pickeliges Gesicht. Seine Lippe war aufgeplatzt. Anscheinend hatte er sich geprügelt.

»Vor ein paar Tagen habe ich gehört, dass jemand einen Maler sucht. Die Beschreibung passt auf dich. Er sagte, er suche einen Jarik de Boer«, sagte der Junge und Jarik schaute überrascht von seinem Bier auf. »Wer war das?«, fragte er.

»Ich glaube, er hieß van Aendt oder so ähnlich. Er hatte blondes Haar, war stattlich gebaut und trug ein Buch bei sich, das ist mir aufgefallen«, sagte der Junge und musterte Jarik.

»Van Aelst? Wo finde ich diesen Mann?«, fragte Jarik aufgeregt. Er konnte es nicht glauben, dass Sander ihm nach Delft gefolgt war.

»Genau, so hieß er. Er sagte, er hätte geschäftlich in der Stadt zu tun. Ich habe ihn *op de marktplaats* getroffen, er hat mit einem Getreidehändler gesprochen«, gab der Junge bereitwillig Auskunft.

Jarik nickte dankbar, ließ sein Bier stehen und stand auf. Ohne ein weiteres Wort verließ er das Wirtshaus und machte sich auf dem Weg zurück zu den ver Meers. Gleich morgen würde er zum Markt gehen und Sander suchen. Hoffentlich war er noch in Delft und hatte die Suche nicht bereits aufgegeben.

Im Haus der ver Meers brannte noch Licht. Leise ging Jarik die Treppe hinauf und verschwand im Atelier, um nicht noch einmal dem Verlobten von Griet van Dijck zu begegnen.

Der Gestank des Marktes war nicht mehr so stark, wie Jarik ihn in Erinnerung hatte. Da es bereits Dezember war und die Luft kalt und der Boden gefroren, verdarben das Fleisch und das Gemüse nicht so schnell. Dafür kaufte man Schweinelenden, die halb gefroren waren, sodass man sie erst einmal über dem Feuer auftauen musste. Auch war weniger los auf dem Markt. Wer noch etwas zu besorgen hatte, kaufte es schnell und verschwand dann wieder in der warmen Stube. Händler, die es nicht unbedingt nötig hatten, auf dem Markt zu stehen, hatten ihre Stände nicht mehr geöffnet, sodass Jarik die Menschenmenge überschauen konnte. Er machte sich auf die Suche nach einem Getreidehändler, doch er fand keinen. Ein Wollverkäufer sagte, dass die Zeit für frisches Getreide zurzeit sehr schlecht sei. Vieles sei schon verkauft und zu Mehl verarbeitet, er solle zum nächsten Bäcker und sich dort erkundigen. Jarik folgte seinem Rat und fragte sich nach Sander durch. Auf die Beschreibung seines Freundes passten sicherlich mehrere Händler, doch Jarik hoffte, dass Sander erwähnt hatte, dass er nicht aus Delft kam und so dem einen oder anderen in Erinnerung geblieben war. Und tatsächlich, beim dritten Bäcker, den er aufsuchte, erinnerte sich eine Dienstmagd an Sander. Er habe sich erkundigt, ob sie noch Getreide bräuchten. Um mit dem Bäcker persönlich zu sprechen, würde er morgen früh noch einmal vorbei kommen. Jarik dankte dem Mädchen für ihre Hilfe und stürmte wieder hinaus. Da wäre er fast Hendrick van Buyten in die Arme gelaufen. Erschrocken stammelte Jarik eine Begrüßung und wollte am liebsten weitergehen, als Griets Verlobter ihn am Arm fasste. »Warte, ich wollte noch kurz mit dir reden«, sagte van Buyten und Jarik blieb fast das Herz stehen. »Ver Meer hat mir von deinen Fähigkeiten erzählt. Und die Farben, die du gemischt hast, wirken auf den ersten Blick gut. Ich bin zufrieden mit deiner Arbeit. Darum habe ich ver Meer gefragt, ob er noch ein zweites Bild malen könnte, von mir und meiner Verlobten nach der Hochzeit und ich möchte, dass du die Farbkomposition übernimmst.«

Jarik schaute ihn erstaunt an. Damit hatte er nicht gerechnet. Wo blieb die Strafe für sein unsägliches Verhalten? Am liebsten hätte er ihm abgesagt, um nicht noch tiefer in die Angelegenheiten von Griet van Dijck einzudringen. Doch er musste sich geschlagen geben. So ein Kompliment bekam er nicht alle Tage und er hatte es zu würdigen.

»Viele Dank, *mijnheer*«, stammelte er. »Das würde ich sehr gerne.«

Hendrick van Buyten nickte zufrieden.

»Ich habe ver Meer um Vorschläge gebeten, wie das Bild zu arrangieren sei. Du wirst mir die Entwürfe in einer Woche vorbeibringen, damit ich sie vor der Hochzeit einsehen kann«, bestimmte er und ließ Jariks Arm los. Er spürte, wie das Blut in seine Finger schoss. Van Basten hatte einen kräftigen Griff, dem er, falls es ernst würde, nicht entkommen könnte.

»Ich erwarte dich am Donnerstagmorgen.«

Damit ließ er Jarik stehen und betrat die Bäckerei.

Ein Geruch nach warmem Roggenbrot und frisch gemahlenem Mehl stieg Jarik in die Nase, doch sein Appetit war vergangen. Das Warten und die Unwissenheit machten Jarik sehr zu schaffen. Wie lange würde es noch dauern, bis jemand hinter sein dunkles Geheimnis kam?

Schnee und Eis

Sander war stattlich anzusehen wie eh und je, auch wenn er nicht mit der Feinheit der Delfter Kleidung mithalten konnte. Jarik wusste, dass es auf dem Land nicht so gute Schneider gab und auch war es nicht nötig, sich so vornehm zu kleiden, da es kaum Anlässe dafür gab.

Als Jarik seinen langjährigen Freund vor der Bäckerei entdeckte, fühlte er sich leichter ums Herz. Die letzten Wochen hatten ihn sehr belastet. Er spürte, dass er älter geworden war. Hätte er einen Blick in den Spiegel von Maria werfen können, würde er mit Sicherheit Falten um seine Augen- und Mundwinkel entdecken. Wenn er sein Gesicht mit seinen Fingern befühlte, spürte er Kerben, die fremd wirkten und nicht zu ihm zu passen schienen.

»Jarik«, sagte Sander erfreut, als er ihn entdeckte, schritt auf ihn zu und umarmte ihn fest. »Ich hatte gehofft, dass du von meiner Anwesenheit erfährst. Ich habe in sämtlichen Wirtshäusern nach dir gesucht. Aber niemand kannte deinen Namen.«

Jarik nickte nur. Er konnte seinem Freund nicht sagen, dass er seinen Namen abgelegt und einen anderen angenommen hatte. Es war ein Geheimnis zwischen dem Meister und ihm und er wollte ihn nicht in Schwierigkeit bringen.

»Schön dich zu sehen«, sagte Jarik und presste die Lippen aufeinander. Die Gefühle überwältigten ihn. Erst jetzt spürte er, wie sehr er sein altes Leben vermisst hatte. Sander schien zu merken, dass etwas nicht stimmte, denn er entschuldigte sich beim Bäcker und führte Jarik in das nächste Wirtshaus, um zwei Biere zu bestellen.

»Was ist los? Wie geht's dir?«, fragte er und sah Jarik erwartungsvoll an. Sander sah frisch aus. Er war muskulös geworden von der Arbeit mit den Getreidesäcken. Um seine Augen zeichneten sich bereits winzige Fältchen ab, doch es schienen Lachfalten zu sein, und seine Wangen waren rosig gefärbt. Er sah glücklich aus.

»Ich habe eine Anstellung bei dem Maler Joannis ver Meer erhalten. Er bildet mich aus«, sagte Jarik und versuchte zuversichtlich zu klingen. Doch Sander kannte ihn gut genug, um die Sorge in seiner Stimme zu hören. Seine Augen taxierten ihn aufmerksam, sodass Jarik weitersprach. »Er hat ein Gemälde gemalt von einer jungen Frau. Es ist für ihren Verlobten.« Jarik hielt inne. Konnte er es wirklich Sander erzählen. Er sah sich um. Im Wirtshaus war noch nicht viel los. Zwei ältere Männer spielten in einer Ecke mit Holzstückchen und erzählten sich Geschichten. Die Wirtin war eine ältere Dame, sie war ganz in Gedanken versunken, während sie ein Glas polierte.

»Was ist los, Jarik?«, fragte Sander sorgenvoll.

»Wir ...« Jarik brach ab und senkte seinen Blick. »Ich wollte das nicht. Aber es ist irgendwie dazugekommen. In einer Woche soll ich bei ihrem Verlobten vorstellig werden. Mein Meister wird noch ein Bild von beiden malen, nach der Hochzeit. Ich soll dafür die Farben mischen. Ach Sander, ich weiß nicht, was ich tun soll. Weißt du, *ik geloof... ik hou van je* – ich liebe sie.«

Sanders Ausdruck war voller Sorge. Zum ersten Mal spürte Jarik, dass er der Klügere von beiden war und der Vernünftigere. Auch wenn er spürte, dass sich, nachdem er es jemandem erzählt hatte, ein Stein von seinem Herzen löste, fühlte er sich kopflos. Wie hatte er es nur soweit kommen lassen?

»Jarik, komm nach Hause, bevor etwas noch viel Schlimmeres passiert. Ich war bei Piet. Es sieht nicht gut aus mit ihm. Er ist erschöpft. Und wo deine Mutter war, weiß ich nicht. Die Küche war ein einziges Durcheinander. Was ist überhaupt passiert, *mijn vriend*?«

Sanders Worte waren wie ein Stich in Jariks Herz. Die Gedanken an seine Mutter hatten ihn jeden Tag gequält. Allein die Vorstellung, dass seine Mutter krank vor Sorge war, schmerzte Jarik ungemein. Er musste Sander bitten, einen Brief in seinem Namen zu schreiben, um sie zu beruhigen.

»Mein Vater und ich hatten eine Auseinandersetzung. Sander, ich bin kein Schweinezüchter. Darum bin ich nach Delft gegangen. Ich wollte wenigstens versuchen, Maler zu werden.«

Jariks Augen glänzten und Sander erkannte, dass sein Freund noch nicht reif genug war, um auf eigenen Füßen zu stehen. Das zeigte auch das Verhalten mit dem verlobten Mädchen. Er nahm seinen Freund in den Arm.

»Lass dieses Mädchen in Ruhe«, flüsterte Sander. »Fordere das Schicksal nicht heraus. Du könntest an den Pranger gestellt werden, wenn das heraus kommt, hörst du. Konzentriere dich auf die Ausbildung und versuche deine Eltern an Weihnachten zu besuchen. Dann wendet sich vielleicht alles zum Guten.«

Jarik nickte dankbar für den Rat. Als er Sander einen Brief diktierte, fühlte er sich besser. Es tat gut, seine Sorgen gemeinsam mit einem Freund zu teilen. Als Sander den Brief eingesteckt und versprochen hatte, ihn den Eltern gleich nach seiner Rückreise zu überbringen, machte sich Jarik schnell auf zu seinem *meester*.

Joannis ver Meer stand am Fenster in seinem Atelier im zweiten Stock und beobachtete die Straße. Als Jarik eintrat, wandte er sich nicht um. Er schien ihn gar nicht zu bemerken. Umso mehr erschrak Jarik, als er ihn plötzlich ansprach. »In einer Woche wirst du zu Hendrick van Buyten gehen und ihm Vorschläge für ein Gemälde bringen. Er möchte sich und seine Verlobte abgebildet haben. Du bist für die

Farbe zuständig. Traust du dir das zu?«, fragte ver Meer und warf ihm über seine Schulter einen scharfen Blick zu. Jarik spürte, dass der Meister nicht gut auf ihn zu sprechen war. Es schien, als ließe er Jarik ungern zu van Buyten gehen, als ahne er, dass dort etwas schiefgehen könnte. Doch wenn dieser es so verlangte, konnte er sich ihm nicht widersetzen. Er war ein gutzahlender Kunde, den der Meister in Zukunft beliefern wollte. Und der Meister brauchte den Auftrag und eventuelle weitere Bildbestellungen. In diesem Moment klopfte es an der Tür und Rike steckte den Kopf herein. Sie hatte von der Herrin den Auftrag erteilt bekommen, das Atelier zu säubern, aber ver Meer wies sie ab.

»Ich werde außerdem mit einem weiteren Gemälde anfangen«, sagte Joannis ver Meer nach einer Minute Stille. »Ich hatte an eine Darstellung einer Dienstmagd gedacht. Nach Weihnachten beginne ich mit den Vorbereitungen.«

Jarik nickte. Er spürte, dass dies der Moment war, auf den er lange gewartet hatte. Er schluckte, nahm allen Mut zusammen und fragte, ob er an Weihnachten nach Hause fahren dürfte.

Der Meister sah ihn an und es legte sich ein gütiger Zug um seinen Mund. Es war, als hätte er so etwas bereits erwartet. Er nickte zustimmend und Jariks Herz machte einen Sprung bei der Vorstellung, bald wieder auf dem Hof seiner Eltern zu sein. Wie nah lagen das Verhasste und das Verlangte doch beieinander. Und trotz der Kälte, die sich durch die Schlitze im Atelier um Jarik und den Meister legte, fühlte er Wärme in seinem Innern.

Die Woche ging so schnell rum, wie dicke, weiße Schneeflocken vom Himmel fielen. Bald war ganz Delft unter einer weißen Schneeschicht begraben und im Sonnenlicht glitzerten die Dächer um die Wette. Es war eine zauberhafte Aussicht, die Jarik jeden Morgen und Abend aus dem Atelierfenster genoss. Der Marktplatz war irgendwie ruhiger geworden unter der weißen Decke. Die Menschen hatten sich noch dicker eingemummelt und die Stimmen wurden in dem dicken Fell und Pelz ihrer Mäntel erstickt. Wie schön es sein musste, diesen Anblick einmal in Farben festzuhalten. Während Jarik noch überlegte, wie er das Weiß so rein und leuchtend mischen konnte, erinnerte ihn *meester* ver Meer an seinen Besuch bei Hendrick van Buyten, der heute anstand.

Der Weg war nicht weit. Jarik kam an vielen roten Häusern mit Ziegelsteinfassaden vorbei, Holztore trennten ein Haus mit einem Dach mit Zinnen vom nächsten. Bleiverglaste Fenster und grüne oder rote Fensterläden wirkten einladend und freundlich. Vor einigen Häusern fegten Bedienstete mit sauberer Kleidung und weißen Hauben den Schnee von rechts nach links.

Das Haus von Hendrick van Buyten lag an einer der vielen ruhigen Straßen Delfts – ebenfalls mit Kopfsteinpflaster – in guter Lage und bereits von weitem sah Jarik die vielen Fenster, die für viel Licht im Haus sorgen mussten. Für das Gemälde hatte sich Jarik für die Hauptfarben Gelb und Rot entschieden. Es sollte mit dem bereits gemalten Bild von Griet van Dijck harmonieren, falls man es in denselben Raum hängen würde. Das frischvermählte Paar würde unter einem Fenster sitzen. Rechts im Bild ein wärmender Kamin. Ihre Hände sollten ineinander verschränkt sein und vor ihnen würde eine Vase mit weißen Rosen stehen, die für die Unschuld stünden. An der Wand würde ebenfalls ein Amor hängen, der auf die Liebenden herabblicken und ihnen eine positive Zukunft vorhersagen würde.

Die Vorstellung von Hendrick van Buyten und Griet van Dijck als glückliches Ehepaar ließ Jariks Magen rumoren. Auch wenn er jeglichen Gedanken seit dem Gespräch mit Sander an Griet unterdrückt hatte, schwebte ihr Geruch dennoch wie eine Wolke um ihn und ließ ihn nicht los.

Als er klopfte, machte ihm Hendrick van Buyten persönlich die Tür auf. Er begrüßte ihn überschwänglich und bat ihn herein. Im Gegensatz zur eisigen Kälte draußen, war es im Haus wärmer, doch so warm wie bei der Familie van der Meer war es nicht. Es brannte nur ein Kamin, vor den sich die beiden setzten. Jarik war überrascht über die Sparsamkeit, trotz des Vermögens, das der erfolgreiche Geschäftsmann Hendrick van Buyten besitzen sollte.

Das Gespräch verlief kurz und schmerzlos. Van Buyten zeigte sich zufrieden mit den Vorschlägen, die Jarik ihm unterbreitete, und sie machten einen Termin, wann die erste Sitzung stattfinden sollte. Als er Jarik verabschiedete, lud er ihn zu seiner Hochzeit am 30. Dezember ein. Es würde ein großes Fest werden, viele Leute aus Delft würden kommen und auch Jarik sollte daran gemeinsam mit Meister van der Meer teilnehmen.

Jarik nickte zögerlich und bedankte sich für die Einladung. Unsicher ergriff er die große Hand von Hendrick van Buyten zum Abschied. Er drückte fest zu, sodass Jariks Knochen knackten. Als er hinaus in die Kälte trat, rieb er seine schmerzende Hand. Hier kam es ihm nun wärmer vor, als im Haus von van Buyten. Schnellen Schrittes bog er um die nächste Ecke und atmete tief durch, als ihn eine Hand von hinten erfasste und in eine Seitenstraße zog. Es war Griet.

»Hallo Jarik«, sagte sie und lächelte ihn keck an.

Überrascht und noch in Gedanken bei ihrem Verlobten stieß er sie von sich weg. »Griet, was soll das«, flüsterte Jarik und sah sich erschrocken um, ob sie jemand beobachtete.

»Ich will dir nur etwas geben«, sagte sie und steckte ihm einen Zettel in den Gürtel. »Einen schönen Tag noch«, flötete sie und ließ ihn in der Gasse stehen.

Jariks Atem ging unregelmäßig, ihm war heiß. Als er den Zettel entfaltete, zitterten seine blauangelaufenen Finger. Er erkannte eine klare, feine Handschrift, die fast kunstvoll aussah. Verschnörkelte Linien kreuzten sich mit geraden, Kreise lagen auf Strichen und Kreuze erkannte Jarik zwischen dem Gewusel an Buchstaben. War es Glück, dass er kaum ein Wort entziffern konnte? Jarik seufzte. Er konnte diesen Zettel niemandem zeigen. Wer weiß, was sie darauf geschrieben hatte. Falls es ein weiteres Treffen war, würde er es nicht einhalten können. Sie wäre böse, aber vielleicht war es das Beste, wenn sie sich auf ihre Hochzeit mit Hendrick van Buyten konzentrieren konnte und Jarik vergessen würde. Er steckte den Zettel zurück in seinen Gürtel und ging zum Haus von ver Meer zurück. Innerlich erleichtert, dass das Schicksal ihm die Entscheidung abgenommen hatte.

Die letzten Vorweihnachtstage vergingen wie ihm Fluge und Jariks Vorfreude auf die Rückkehr zu seinen Eltern steigerte sich ins Unermessliche. Voller Erwartungen sah er dem vierten Adventssonntag entgegen, wenn er die Familie ver Meer für ein paar Tage verlassen würde. In dem Haus duftete es seit einigen Tagen dauerhaft nach Gewürzkuchen und Rosinenbrot. Kerzen brannten in allen Fenstern. Ein ständiger Lichterkranz umgab das Haus und dessen Räume. Maria war in freudiger Erwartung, was das Weihnachtsfest bringen würde und erzählte Jarik Geschichten über Sinterklaas und Piet.

So viel Vorfreude auf das Weihnachtsfest kannte Jarik nicht. Bei ihm zu Hause war es an Weihnachten immer sehr still zugegangen. Nach dem Besuch der Messe saßen sie zusammen, naschten von dem Gebäck, das seine Mutter jedes Jahr zubereitete, und tranken Bier oder etwas Wein. Zwischendurch schaute sein Vater nach den Schweinen, auch sie sollten einen besonderen Tag erleben und bekamen besseres Futter.

Jarik war sich sicher, dass das Weihnachtsfest bei den ver Meers viel festlicher gefeiert würde. Trotzdem war er froh, dass er nach Hause fahren durfte. Im Gegensatz zu Rike. Sie wurde nicht nur für die Kinder gebraucht, auch in der Küche. Der Köchin fiel es immer schwerer, für die Familie zu kochen. Rike an ihrer Seite übernahm immer mehr Aufgaben. Jarik bewunderte die Stärke des noch jungen Mädchens. Sie beschwerte sich nie, war eifrig, still und geschickt. Alle Aufgaben erledigte sie sorgfältig und zügig. Umso erstaunter war Jarik, als sie mit einem dicken Verband aus der Küche kam. Sie hätte sich beim Kartoffelschneiden die Hand verletzt, sagte sie. Aber Jarik konnte es ihr nicht ganz glauben. So schnell brachte sie nichts aus der Ruhe.

Da musste noch etwas anderes vorgefallen sein. Vielleicht hatte sie wieder Streit mit Maria gehabt. Die entwickelte sich zurzeit zu einem vorlauten Mädchen, das allzu verwöhnt war. Obwohl sie mit Jarik gut klarkam und ihn bevorzugt behandelte, tat ihm Rike leid, die sehr unter den Angewohnheiten von Maria litt. Sie konnte sich bei ihr überhaupt nicht durchsetzen. Und je älter Maria wurde, desto schlimmer wurde es. Jarik bemerkte die Angst, die Rike gegenüber dem jungen Mädchen verspürte. Schließlich könnten ihre Differenzen dazu führen, dass Rike nicht mehr für die Familie arbeiten durfte. Wenn sie keine gute Beurteilung erhalten würde, wäre es schwierig für sie, wieder eine Anstellung zu finden.

Als Jarik seine wenigen Habseligkeiten zusammengepackt hatte und die Treppe hinabstieg, um sich bei seinem Meister zu verabschieden, sah er Rikes Augen hinter der Küchentür hervorblitzen. Sie sahen verweint aus. Schnell schritt er durch den Flur und tat so, als habe er sie nicht gesehen. Er wollte sich seine gute Laune nicht von ihr verderben lassen. Vermutlich hatte sie Heimweh, weil sie an Weihnachten nicht zu Hause sein würde. Er wünschte Familie ver Meer ein schönes Weihnachtsfest und trat aus der Tür heraus. Der Tag war klar, der Himmel fast blau und der Schnee glänzte wie Zucker. Ver Meer hatte ihm eine Kutsche besorgt, mit der er aus Delft herausfahren konnte. Er hatte darauf geachtet, dass es niemand war, der mit der Gilde verbunden war. Schließlich wusste in Delft niemand etwas von seiner Herkunft. Er fühlte sich frei wie ein Vogel und ging zügig die mittlerweile so bekannte Straße entlang. Nur kurz drehte er sich noch einmal um und sah hinauf zum zweiten Stock des Hauses *Mechelen*, wo sich das Atelier befand. Dann schritt er aus und marschierte die *Voldersgracht* entlang, an dem Heim für alte Männer und Frauen vorbei und immer weiter raus aus dem Zentrum von Delft.

Es kam Jarik wie eine Ewigkeit vor, bis er endlich die ersten Felder entdeckte und nach einigen Stunden bekannte Häuser und Wälder. Er sprang vom Karren und dankte dem Fahrer. Ver Meer hatte ihn bereits im Voraus bezahlt.

Die letzten Meilen ging er zu Fuß. Sein Puls beschleunigte sich, als sein Elternhaus in Sicht kam. Mit leichten Schritten betrat er den Hof, hoffnungsvoll, was seine Eltern wohl sagen würden, wenn sie ihn sähen. Das Quieken der Schweine sah er als Begrüßung an. Neugierig warf er einen Blick in den Schweinestall. Der Gestank schlug ihm direkt in die Nase. Die Ställe waren in den letzten Tagen nicht ausgemistet worden, das sah Jarik sofort. Auch an Futter fehlte es in den Trögen. Das verwunderte ihn. Er ließ den Stall hinter sich und klopfte an der Tür des Wohnhauses. Er wollte nicht einfach so hereingehen, obwohl er wusste, dass seine Eltern die Tür nie verriegelten.

Es dauerte lange, bis er Schritte vor der Tür hörte. Schlürfende, müde Schritte. Dann hörte er, wie etwas am Holz entfernt wurde, anscheinend war sie doch verriegelt gewesen. Langsam öffnete sich die Tür einen Spalt und zwei müde Augen schauten Jarik an. Es dauerte, bis Piet seinen Sohn erkannte. Die Kraft seiner Augen schien nachgelassen zu haben.

»Jarik«, brummte er überrascht und öffnete die Tür ein Stück weiter. Jarik schluckte. Es hatte sich einiges verändert. Das spürte er. Der Hof und seine Eltern hatten einiges mitgemacht. Piets Augen verengten sich. »Warum bist du jetzt wieder da, *jongen*?«, fragte er in barschem Ton und machte noch keine Anstalten, die Tür für seinen Sohn zu öffnen.

»Hat Sander euch die Nachricht vorgelesen?«, fragte Jarik. Doch das Verhalten von Piet machte ihm deutlich, dass er sie wohl nicht bekommen hatte. »Nein, Sander war nicht mehr hier«, sagte Piet und sein Blick verfinsterte sich.

»Vater, darf ich reinkommen? Ich habe von meinem Meister frei bekommen für die Weihnachtstage und würde sie gerne mit euch verbringen«, sagte Jarik bittend und hoffte, sein Vater würde endlich erklären, was ihn so erzürnte.

»Bei uns?« Piet lachte verächtlich. »Es gibt kein uns mehr. Martje ist vor zwei Wochen gestorben.« Der Satz donnerte auf Jarik nieder wie ein Hammer. Er fühlte sich benommen, leer. Er wusste nicht, wie es dazu kommen konnte. Piet machte ein Gesicht, als wäre es Jariks Schuld. In Delft hatte er diese Angst verdrängt. Seine Mutter war eine starke Frau gewesen. Sie konnte nicht einfach gegangen sein. Er hatte sich nicht von ihr verabschieden können.

Die beiden Männer standen, getrennt von der Holztür, voreinander und das Einzige, was sie verband, was sie jemals verbunden hatte, war die Liebe zu einer Frau, von dem einen die Mutter, des anderen Ehefrau. Nun war diese Frau gestorben. Und die beiden Männer hatten sich nichts mehr zu sagen. Trotzdem ließ Piet ihn schließlich herein. Jarik nahm am Küchentisch Platz und war froh, als Piet ins Schlafzimmer humpelte, um sich ein wenig hinzulegen. Jarik konnte nichts essen. Er trank etwas Milch, dann machte er sich auf zum Friedhof. Piet hatte ihm nicht gesagt, wo das Grab seiner Mutter zu finden war. So schnell war alles gegangen, dass Jarik gar nicht realisieren konnte, was geschehen war. Doch er fand das Grab trotz des Schnees leicht. Es lag am Rande des Friedhofs, umkreist von drei Apfelbäumen, die eine dicke Last Schnee trugen. Als er vor der frischen Grabstätte stand, brachen die Tränen aus ihm heraus und er fiel erschöpft auf die Knie. Er fühlte sich so einsam wie niemals in seinem Leben. Er hatte jegliche Hoffnung verloren. Das Einzige, was ihm im Leben geblieben war, war die Arbeit bei Meister van der Meer. Er dachte an das Atelier, das warme Licht, das es erfüllte und er sehnte sich nach dem Geruch der Farben, Maria und sogar an Rike dachte er, wie sie jetzt wohl in der Küche stand und Gemüse für das Festmahl schnitt.

Wie lange er vor dem Grab kniete, wusste Jarik nicht. Seine Knie schmerzten von der Kälte, seine Hände waren blau verfroren ohne jegliches Gefühl und in seinen Haaren und Augenbrauen verfingen sich unzählige Schneeflocken. Sein Blick war glasig geworden, als wäre auch die Flüssigkeit vor seinen Augen erstarrt. Das Bild des Grabes gefror für immer vor seiner Pupille.

Sein Leben hatte eine schlimme Wendung genommen, die er nicht erwartet hatte. Das musste die Strafe sein für sein hochmütiges Verhalten. Er hätte nicht auf Sander hören sollen, als er ihm damals, vor sechs Jahren sagte, wie gut er malen konnte. Sein größtes Talent wurde nun zum Fluch. Und wer weiß, wie schlimm es noch werden würde. Jarik dachte an Griet, an ihre himmlischen Locken, ihre ungetrübten Augen. Sie war ein Engel und er hatte sie benutzt und ihr die Unschuld geraubt, die Hendrick van Buyten zugestanden hatte. Was hatte er sich nur gedacht? Am liebsten würde Jarik nie wieder nach Delft zurückkehren, doch hier konnte er auch nicht bleiben. Sein Vater hasste ihn innerlich, auch wenn er sein eigen Fleisch und Blut war. Die Enttäuschung, die Jarik ihm zugefügt hatte, war ihm ins Gesicht geschrieben und auch die Wut über sein rücksichtsloses Verhalten.

Jarik war aufgefallen, dass Piet auch körperlich schwächelte. Was würde aus den Schweinen werden, wenn er nicht mehr für sie sorgen konnte. Würde er sie verkaufen können? Und wovon sollte er dann leben? Jarik seufzte. Er konnte niemandem helfen. Er verbreitete nur Unglück, egal wo er war. Dass van der Meer ihn noch unterstützte, war das Einzige, was ihn hoffen ließ. Er musste die Ausbildung beenden und gut abschließen, sodass er mit der Malerei Geld verdienen und Piet unter die Arme greifen konnte. Doch das würde noch dauern. Er war erst seit knapp drei Monaten in der Lehre und er hatte noch nicht einmal einen Pinsel in die Hand nehmen dürfen.

Wie gerne würde er, genauso wie er es mit Maria getan hatte, mit seinem Meister Zeichnungen anfertigen, über sie diskutieren und verbessern. Verträumt griff Jarik nach einem Ast des Apfelbaumes neben dem Grab seiner Mutter, brach einen schmalen Ast ab und zeichnete damit ein Porträt von Martje in den flockigen Schnee. Er schaute lange auf das weiße Abbild und versuchte sich die Erinnerung an sie einzuprägen, um sie nie zu vergessen. Das war er ihr schuldig.

Als er zu seinem Vater in das Haus zurückkehrte, saß Piet am Tisch, einen Krug Bier vor sich und starrte vor sich hin. Er reagierte nicht einmal, als Jarik eintrat. Jarik blieb unschlüssig in der Küche stehen, wechselte sein Gewicht von einem Bein auf das andere, unsicher, wie er anfangen sollte. »Soll ich die Schweine versorgen?«, fragte er schließlich und sah Piet lange an.

Piet reagierte forsch. »Du? Du kommst nach drei Monaten wieder, deine Mutter ist vor Sorge wegen dir verstorben, rennst weg vor der Arbeit hier auf dem Hof und lässt mich einfach im Stich und jetzt – jetzt willst du mir helfen? Niemals würde ich es zulassen, dass du mir hilfst. Eher lasse ich die Schweine verrecken. Weißt du, wie schlimm die letzten Wochen für mich waren? Deiner Mutter schwanden die Kräfte, sowie die Wärme jeden Tag abnahm. Der Schnee und der Forst gaben ihr den Rest. Sie hat eine Lungenentzündung bekommen. Aber noch in der Stunde ihres Todes fragte sie nach dir. Und was konnte ich ihr sagen? Gar nichts. Weil ich nichts von dir wusste. Du hast nichts von dir hören lassen, wahrscheinlich hast du dir gedacht, dass wir uns nicht um dich sorgen, so wie du keinen Gedanken an uns verschwendet hast. Ich bin froh, wenn du wieder in Delft bist bei deinem Malermeister. Ich wünsche dir viel Glück bei diesem Leben, aber damit musst du alleine fertig werden, so wie du es dir selbst erwählt hast.«

Damit stand Piet auf, schlürfte in das Schlafzimmer und schloss leise die Tür. Jarik stand getroffen da. Für einen Moment glaubte er, es müsse nun etwas passieren. Donnern oder blitzen, als Ausdruck für das Ende eines Lebensabschnittes, für den Abschied von einem Menschen, für die Darstellung einer Schuld, die nie mehr zu begleichen sein würde.

Weihnachten

Die Weihnachtstage waren die schlimmsten, die er je erlebt hatte. Die Zeit floss wie zäher Honig dahin und Jarik spürte, dass seine Anwesenheit nur geduldet wurde, weil Piet wusste, dass Jarik noch nicht wieder zu seinem Meister zurückkonnte. Er würde Fragen stellen, die Jarik ihm nicht beantworten konnte und wollte.

Als er nach vier endlos langen Tage die Türme von Delft entdeckte, fühlte er sich befreit, als hätte er sein altes Leben abgelegt und eine neue Persönlichkeit angenommen. Das Leben von Jarik Stromen, ein Waisenjunge, der keine Familie besaß und ganz neu anfangen konnte. Er klopfte beschwingt an die Tür der Familie ver Meer und lächelte, als er Rikes Gesicht dahinter entdeckte. Das Mädchen wirkte eingeschüchtert. Auch die Weihnachtstage scheinen sie nicht erwärmen zu können, im Gegenteil, sie wagte kaum zu sprechen, als Jarik sie begrüßte. Als er in die Wohnstube trat, um *meester* ver Meer zu begrüßen, spürte er, dass die Stimmung angespannt war. Catharina ver Meer stand mit dem Rücken zu ihm und wärmte sich am Kamin. Maria saß am Tisch und zeichnete eine Katze. Ihre kleine Schwester schaute ihr neugierig über die Schulter.

Da trat Joannis ver Meer ein und warf Jarik einen langen sorgenvollen Blick zu.

»Jarik«, sagte er und seine Stimme klang schwer und bedrückt. Jarik fragte sich, was wohl passiert sein mochte, während er weggewesen war.

Jarik grüßte höflich und wartete, ob der Meister ihm etwas mitteilen wollte.

»Jarik, ich muss mit dir reden«, fing ver Meer an und winkte ihn hinaus in den Flur. Jarik wurde nervös. Hatte es etwas mit Griet zu tun? Hatte sie jemand gesehen und es nun dem Meister erzählt. »Es gehen Gerüchte um. Anscheinend hat Hendrick van Buyten einen Brief erhalten, der bezeugt, dass Griet van Dijck mit dir etwas eingegangen ist.«

Die Worte dröhnten in Jariks Ohren. Er wusste nicht, was er sagen sollte. Was er nun tun sollte. Woher konnte er einen solchen Brief erhalten haben? Da fiel Jarik eiskalt ein, dass er den Brief nicht aus seinem Gürtel genommen hatte. Er musste herausgefallen und in seiner Bettstatt gelegen haben. Jemand konnte ihn dort gefunden haben und ihn an Hendrick van Buyten weitergeleitet haben. Aber wer? Der einzige, der Zutritt zum Atelier hatte, war der Meister selbst. Jarik erschauerte. Diesen Verdacht konnte er niemals aussprechen. Das würde ihn seine Stellung kosten.

»Was ... stand in diesem Brief, *mijnheer*?«, fragte Jarik und er spürte, wie seine Stimme zitterte. Hätte er doch den Brief verbrannt. Jetzt saß er in der

Klemme und er wusste noch nicht einmal, was sie darin geschrieben hatte.

»Jarik, weißt du, in was für eine Situation du dich gebracht hast? Hendrick van Buyten wird dich anklagen lassen. Er wird es nicht dulden, dass du seine Verlobte verführt hast. Stell dir vor, sie würden auch noch rausfinden, woher du wirklich kommst. Dafür könntest du gehängt werden«, sagte ver Meer. Er wiegte enttäuscht den Kopf. »Ich habe dich gewarnt. Dieses Mädchen ist nicht wie die anderen. Sie hat es darauf angelegt. In ganz Delft ist sie dafür bekannt. Sie wirft Männern gerne schöne Blicke zu. Umso glücklicher waren ihre Eltern, als sie die Verlobung mit van Buyten einfädeln konnten, um ihren Ruf zu schützen. Du machst dir viele Feinde, Jarik, und die sind einflussreich.«

In Jarik Kopf drehte sich alles. Nun entzog ihm das Leben auch noch den letzten Halt. Er hatte es geschafft, alle zu verletzen, die ihm etwas bedeuteten. Nun war er ein Nichts. Um ihn herum breitete sich Dunkelheit aus.

Als Jarik in seiner Bettstatt lag, hörte er die aufgebrachte Stimme von Frau van der Meer. Er wusste nicht, was der Meister ihr für beruhigende Worte zusprach, doch Jarik spürte, dass sie ihn aus dem Haus haben wollte. Er zog Ärger an und den wollte sie für ihre Familie nicht haben. Vermutlich würde das seine letzte Nacht in diesem Haus sein. Wo sollte er hingehen, wenn er herausgeschmissen werden würde. Jarik starrte aus dem Fenster in die sternenklare Nacht. So viele Sterne leuchteten am Firmament, doch seinen konnte er nicht mehr entdecken. Er hatte sein Ziel vor Augen verloren, hatte sich verleiten lassen durch menschliche Triebe und nun stand er vor dem Nichts. Kurz überlegte Jarik, ob er einfach flüchten sollte. Abhauen aus Delft, um sich nicht Hendrick van Buyten stellen zu müssen. Doch als Feigling wollte er nicht dastehen. Er würde für seine Taten einstehen. Das würde auch sein Meister verlangen und er wollte ihn nicht enttäuschen.

In dieser Nacht tat Jarik kein Auge zu. Zu sehr schmerzte ihn sein Herz, das er mehr denn je in seiner Brust schlagen spürte, als wollte es ihm zeigen, dass es nicht jeden Verlust ertrug.

Als Jarik morgens in der Küche nach einem Laib Brot verlangte, schreckte Rike ängstlich zusammen. Sie war wie ein schüchternes Reh, das sich nicht einmal traute, die Augen zu ihm zu heben.

Als Jarik die Küche betrat, dachte Rike für einen Moment, er hätte es heraus gefunden. Um seine Augen lag ein dunkler Schatten, als hätte er die ganze Nacht nicht geschlafen. Doch er verlangte nur nach einem Laib Brot, um sich zu stärken.

Wie sehr hatte ihr Gewissen sie gebissen, weil sie den Brief, als sie ihn fand, am Weihnachtstag zu Hendrick van Buyten brachte und ihn seiner Dienstmagd zu gesteckt hatte. Sie konnte nicht lesen, aber es war klar, dass es die Handschrift der gnädigen Griet van Dijck war. Und welchen Grund hatte sie, dem Malerlehrling zu schreiben, wenn es nicht um ein Treffen ginge und um ihre Gefühle. Sie hatte der Dienstmagd eingeflößt, ihn nur an den Meister persönlich zu überbringen, mit dem Hinweis, er sei Jarik Stromen aus der Tasche gefallen und man habe die Handschrift von Griet van Dijck erkannt. Der Trick, den Rike sich hatte einfallen lassen, funktionierte. In ganz Delft diskutierten die Leute bereits über den Brief. Die Dienstmagd der van Buytens hatte ganze Arbeit geleistet und die Streitereien zwischen Griet und Hendrick van Buyten schauspielerisch im Wirtshaus wiedergegeben. Die arme Griet hatte wohl die ganzen Weihnachtstage über geweint, so sehr hatte ihr Verlobter sie angeschrien und beleidigt. Doch die Verlobung wurde nicht aufgelöst. Das sollte die Strafe für sie sein. Hendrick van Buyten verlangte nach der Hochzeit, um sie an sich zu binden. Sie sollte nie wieder alleine ausgehen dürfen. Dafür hatte er extra noch jemanden eingestellt, der sie auf Schritt und Tritt begleitete und dafür sorgte, dass sie weder Jarik noch jeglichem anderen Mann zu nahekommen konnte.

Nachdem Jarik aus der Küche gegangen war, wunderte sich Rike über seine Gelassenheit. Rike befürchtete das Schlimmste für den jungen Mann. Vermutlich würden sie ihn an den Pranger stellen.

Hendrik van Buyten betrog man nicht, das wusste ganz Delft, nur er nicht. Es war komisch, dachte Rike, dass er sich so wenig in Delft auskannte, obwohl er doch ein Waisenkind war. Die kannten eigentlich jede Straßenecke.

Die Köchin trug Rike auf, frisches Gemüse und Fleisch zu kaufen. Nach den Feiertagen war fast alles aufgegessen worden. Rike beschloss, dem Ganzen auf den Zahn zu fühlen. Am Stand des Fleischhändlers, den sie sehr gut kannte, fragte sie nach, ob er jemals von Jarik Stromen, dem Waisenkind gehört habe. Er verneinte, empfahl ihr aber, sich an den Waisenjungen Bastiaan zu wenden, der würde alle Waisenkinder von ganz Delft kennen, überhaupt würde er jeden kennen. Zu finden sei er am Ende des Marktes in der Nähe der Bäckerei. Dort bettelte er immer für ein Stück Pastete, dass am Abend übrig blieb. Als Rike die Gasse erreichte, fiel ihr das Waisenkind sofort auf. Bastiaan war von oben bis unten mit Dreck beschmutzt, nur seine Augen blitzten wie zwei schwarze Kohlen, während er Ausschau hielt nach Frauen und Männern, die Mitleid hatten.

»Bastiaan?« Rike trat auf ihn zu. Er tat ihr leid, obwohl er sich anscheinend ein dickes Fell zugelegt hatte, litt er unter dem kalten Winter. Seine Hände waren blau verfroren und seine rote Nase lief unaufhaltsam. Geräuschvoll schnaufte Bastiaan und spuckte grünen Rotz in den weißen Schnee.

»Was willste?«, sagte er und sah sie schelmisch an,

er merkte, dass er hier etwas Geld oder was zu essen rausholen konnte, wenn die Magd etwas von ihm wollte.

»Kennst du einen Jarik Stromen, er ist Waisenkind und arbeitet nun für den Maler van der Meer«, sagte Rike hastig und wartete ungeduldig. Bastiaan ließ sich Zeit mit der Antwort.

»Was bekomme ich für die Antwort?«, fragt er und grinste fies. Dabei wurden seine vielen Zahnlücken sichtbar. Die paar Zähne, die noch übrig waren, waren fast vollständig verfault.

Rike drückte ihm eine Kartoffel und eine Möhre in die Hand. Gierig griff er danach, auch wenn die Kartoffel knüppelhart war. Er würde schon ein Feuer finden, über dem er sie rösten konnte.

»Es gibt in ganz Delft keinen Jarik Stromen. Ich kenne alle Waisenkinder hier. Er muss woanders her kommen«, sagte Bastiaan, und versuchte die Möhre mit seinen wenigen Zähnen anzunagen. Es gelang ihm nicht.

»Würdest du für mich herausfinden, woher er wirklich kommt?«, fragte Rike, die nun Blut geleckt hatte. Sie sah nun eine sichere Möglichkeit, Jarik aus dem Hause der ver Meers zu vertreiben. Die Geschichte mit Griet van Dijck hatte bereits dunkle Wolken aufziehen lassen, doch der endgültige Stoß musste noch erfolgen. Jarik war *vrouw* ver Meer ein Dorn im Auge, aber der *meester* stand noch hinter ihm. Das musste sich ändern. Wenn Jarik die Affäre verheimlichen konnte, warum sollte er nicht noch mehr dunkle Geheimnisse haben, die nur aufgedeckt werden mussten.

»Klar, aber das kostet«, sagte Bastiaan keck. Rike nickte. »Ich werde dir ein vollständiges Abendbrot mitbringen, wenn du mir sagst, woher er wirklich kommt.«

Bastiaan schien zufrieden. »Komm morgen Abend wieder hierher«, sagte er zuversichtlich. Rike war erstaunt. So schnell hatte sie keine Antwort erwartet, doch Bastiaan schien seine Beziehungen zu haben, die sich wie ein Spinnennetz durch die Stadt zogen und er wusste, welche Fäden er zu ziehen hatte, um Rike die Antwort zu liefern. Sie ließ Bastiaan in der Kälte zurück und machte sich zum Haus der Familie ver Meer auf. Als sie in die Küche an den warmen Herd trat, dachte sie an den armen Bastiaan, der auch diese Nacht im Kalten verbringen würde und sie fühlte sich für einen kurzen Moment seit langem wohl in dem Haus, in dem sie arbeitete.

Catharina ver Meer

Welch eine Ironie, dass Griet van Dijck Jarik Stromen einen Liebesbrief schrieb, während sie für das Gemälde den Liebesbrief ihres Verlobten verschlang, dachte Catharina ver Meer und schmunzelte. So einfach war es also gegangen, den Lehrling loszuwerden. Seitdem ihr Mann ihn mit nach Hause gebracht hatte, war er ihr ein Dorn im Auge. Wie konnte es sich Joannis erlauben, einen Lehrling auf ihre Kosten zu finanzieren. Er durfte sogar bei ihm im Atelier schlafen. Diese Naivität gegenüber einem Fremden, der in ganz Delft unbekannt war, hatte sie von ihrem Mann nicht erwartet.

Gegenüber Fremden war er meistens kurz angebunden, mied gesellschaftliche Anlässe, wenn er konnte, und liebte es, allein in seinem Atelier zu sein und zu malen.

Nun war Jarik Stromen immer da. Egal zu welcher Tages- und Nachtzeit. Immer erwartete Catharina die Anwesenheit des jungen Mannes, wenn sie durch die Flure ihres eigenen Hauses ging. Er kam ihr nicht ganz geheuer vor. In seinen Augen lag ein unbeschreibliches Verlangen. Vielleicht war es nur die Freude, bei Joannis ver Meer angestellt zu sein, Catharina wusste von dem großen Talent, das ihr Mann besaß, und meinte, jeder Mann in Delft würde froh sein, für ihn arbeiten zu dürfen. Dennoch, das Geld was Joannis verdiente war zurzeit recht viel und endlich konnte die Familie ihren Lebensstandard erhöhen. Catharina genoss es, durch die Straßen Delfts zu schlendern und einzukaufen. Endlich konnte er ihr und ihrer Mutter und ihrem Vater ein Leben bieten, das sie beide zufriedenstellte. Wie oft hatte ihre Mutter Catharina vorgeworfen, die falsche Wahl getroffen zu haben. Nicht nur, dass Joannis der calvinistischen Konfession angehörte, die Anfänge als Maler waren für ihn schwierig und er musste sich seinen Ruf hart erarbeiten. Catharinas Mutter hatte zu der Zeit wenig gute Worte für ihn übriggehabt. Zunächst hatte Joannis nur mit der Arbeit in der Schenke seiner Mutter am Delfter *grote markt* die Familie ernähren können. So langsam änderte sich das. Obwohl sie dennoch neue Schulden machten. Die Utensilien, die Joannis benötigte, waren teuer, und er entschied sich meistens für die teureren Farben, wie zum Beispiel Ultramarinblau – eine Farbe, die es nicht in jeder Apotheke gab. Seit knapp zwei Jahren lief es für Joannis aber zum Glück besser. Er hatte sich einen Kundenstamm aufgebaut, den er zufriedenstellen konnte, unter anderem Hendrick van Buyten, ein angesehener Delfter Geschäftsmann, der viele Gulden für gute Gemälde zahlte. Joannis malte nun rund zwei Bilder pro Jahr. Catharina wünschte sich, ihr Mann würde etwas schneller malen, doch er war zu perfektionistisch, als dass er ein Werk zu übereilt aus den Händen gab. Manchmal standen sie monatelang in seiner Kammer, um dann noch in einigen Details verändert zu werden. Catharina verstand diese Welt nicht. Für sie waren Gemälde Wandschmuck, ein Zeichen von Wohlstand. Die Farben mussten stimmen und die Hand geübt sein. Vom Zeichnen, vom Einfall des Lichts, der Konzeption des Raumes und der Darstellung der Gefühle hatte sie keine Ahnung. Wenn ihr Mann mit ihr abends darüber sprach, fühlte sie sich unwissend und dumm. Das letzte Gemälde, dass er gezeichnet hatte, war die Aussicht aus seinem Atelier auf eine Gasse mit zwei Häusern. Es war einer der schlimmsten Streitereien gewesen, die sie je hatten. Wer sollte dieses Werk kaufen? Catharina fluchte laut durch das ganze Haus. Niemand hatte es in Auftrag gegeben. Joannis hatte es aus eigenem Antrieb gemalt. Farben, Leinwände und Zeit – alles verschwendet. Und wofür? Sie wollte es nicht im Hause hängen haben.

Dennoch – oder gerade wegen dieses großen Streits – wünschte sich Catharina, Joannis würde mit ihr über Dinge reden, die sie wusste. Über Familien in Delft, die sie regelmäßig besuchte, über ihre Töchter oder über die Hausangestellten, die nach einer führenden Hand verlangten. Doch Joannis hatte dafür keine Augen und Ohren. So war er immer schon gewesen. Ein Traumtänzer, der nur für seine Gemälde lebte.

Catharina versetzte dieser Gedanken einen Stich ins Herz. Seitdem Jarik in ihrem Haus wohnte, war die Sucht ihres Mannes ins Unermessliche gestiegen. Er redete kaum noch mit ihr, verschwand sofort ins Atelier, kam abends erst spät mit gefärbten Fingern heraus und um seine Augen lag ein müder Schatten. Seine Worte hatte er für Jarik bereits aufgebraucht. Für sie blieb nur ein müder Mann, der mit Gedanken, die er nicht mit ihr teilte, ins Bett fiel, um am nächsten Morgen früh aufzustehen und zu seinen Farben zu eilen.

Catharina fühlte, dass sie wieder schwanger war. Sie hatte es Joannis noch nicht gesagt, weil ihr der Moment noch nicht richtig erschien. Geplant hatte sie, es ihm am Weihnachtstag zu sagen, doch als Joannis von Jariks Affäre mit Griet van Dijck erfuhr, war er so schlecht gelaunt gewesen, dass er allen die Feiertage verdarb. Es traf ihn hart, dass Jarik ihn verlassen würde. Er hatte sich an den Jungen gewöhnt. Trotzdem war Catharina froh, dass es so früh geschehen war. Wäre er noch länger im Haus gewesen, hätte ihr Mann ihn bald nicht nur als Lehrling, sondern als Sohn angesehen, das spürte sie und auch Marias Verhalten bereitete ihr große Sorge.

Sie hatte gehört, wie das Mädchen zu Jarik sagte, sie habe sich einen großen Bruder gewünscht. Wie konnte sie es wagen, ihn mit sich auf eine Stufe zu stellen. Sonst war sie doch immer so erhaben. Aber wenn der junge Bursche um sie herumtanzte, war sie wie ausgewechselt. Sie liebte es, zu zeichnen und Catharina befürchtete, sie würde Maria genauso verlieren, wie sie Joannis verlöre, wenn Jarik bleiben würde.

Aber nicht nur ihr war Jarik ein Dorn im Auge. Darum ging sie am zweiten Weihnachtstag zur Rike in die Küche. Das Mädchen saß alleine am Herd und wärmte sich die verfrorenen Finger. Sie war anscheinend draußen im Hof gewesen, um nach dem Mädchen zu schauen, das eine Schneeballschlacht veranstaltete. Ihr Haar war nass und zerzaust. Catharina konnte sich vorstellen, was passiert war. Maria schien Rike beworfen zu haben. Das arme Mädchen hatte ganz verheulte Augen. Als sie Catharina hereinkommen sah, wischte sie sich ein paar Tränen weg. Die Traurigkeit machte Frau van der Meer Sorgen. Sie wollte nicht, dass Rike irgendwann kündigen würde. Eigentlich mochte sie die ruhige Dienstmagd. Genauso musste eine Angestellte sein, unauffällig, eifrig und gehorsam. Doch, dass sie mit Maria nicht klarkam, war ein unübersehbares Detail. Catharina überlegte, ob sie Rike die Arbeit der Köchin übertragen sollte, diese war schon zu alt, um die Einkäufe alleine zu übernehmen. Dann bräuchten sie allerdings eine neue Kinderfrau.

Sie trat auf Rike zu und sah ihr in die Augen. »Rike, ich muss dich etwas fragen«, fing Catharina ver Meer ohne Umschweife an. Sie hatte keine Zeit zu verlieren. »Was weißt du über Jarik Stromen?«

Rike sah ihre Herrin entsetzt an. Hatte sie herausgefunden, dass sie Jarik bei Hendrick van Buyten angeschwärzt hatte? Natürlich musste sie sie beobachtet haben, als sie zu ihnen ging. Oder es hatte ihr jemand erzählt. Die Dienstmagd der van Buytens hatte bestimmt getratscht, so wie sie jetzt die Geschichte zwischen Griet und Jarik überall herumerzählte.

»Es tut mir leid, *mijfrouw*. Ich wollte keinen Schaden anrichten. Ich wusste nicht, was in dem Brief stand.« Rike flossen erneut die Tränen die Wange herunter. Die Scham, die sie eben noch verspürt hatte, als Marie sie mit Schnee eingeseift hatte, verdoppelte sich jetzt, wo sie von ihrer Herrin ausgefragt wurde.

»Du hast den Brief gefunden?«, fragte Catharina überrascht. »Weine nicht, Rike. Es ist eine schlimme Situation, aber es nicht deine Schuld. Wo hast du den Brief gefunden und wem hast du ihn gegeben?«

Rike erzählte Frau van der Meer bereitwillig, was sie wusste. Wie sie den Brief beim Aufräumen im Atelier auf dem Strohbett gesehen und sich eigentlich innerlich geweigert hatte, ihn anzunehmen. Dass sie es aber dann doch getan hatte, weil sie fürchtete, wegen Jarik ihre Stellung zu verlieren – dabei brachen endgültig die Dämme und das Wasser floss ihr nur so aus den Augen.

Catharina schüttelte nachdenklich den Kopf. Sie war überrascht von der Kühnheit dieses Mädchens. Als Rike ihr von dem Gespräch mit Bastiaan berichtete, lauschte sie auf. »Du meinst, es gibt keinen Jarik Stromen?«

»Nein, er heißt Jarik de Boer und stammt aus einem kleinen Dorf in der Nähe von Delft. Seine Eltern sind Schweinebauern«, heulte Rike und schniefte in ihre Schürze.

Catharina hob entsetzt die Augenbrauen. Worauf hatte sich ihr Mann da nur eingelassen? Der Sohn eines Schweinebauers, damit würde die Gilde nie einverstanden sein. Die Lüge musste sich Joannis ausgedacht haben. So dumm war er nicht, nicht zu überprüfen, woher der Junge kam. Das und die Affäre mit der jungen Frau konnten ihn den Kopf kosten, das wusste Catharina. Außerdem würde Joannis seine Schuld begleichen müssen, indem er der Gilde Geld zahlte. Nachdenklich wippte Catharina mit ihrem Fuß auf und ab. Plötzlich hatte sie eine Idee, wie sie ihren Mann vor dieser Verunglimpfung schützen konnte und auch ihre Familie vor der Scham bewahren konnte, die der Junge auf sie gezogen hatte. Ihre Augen blitzten, als sie Rike in der Küche alleine zurückließ, um ihren Plan in die Tat umzusetzen.

Die Hochzeit

Nervös polierte Jarik seine Schuhe, knöpfte sich seinen Mantel zu und versuchte, seine Haare zu bändigen. Er hatte nicht vor auf die Hochzeit von Griet van Dijck und Hendrick van Buyten zu gehen. Er wollte nur einen Blick auf das Paar werfen. In der Menge würde er nicht auffallen und später würde er in ein Wirtshaus einkehren.

Joannis ver Meer hatte ihn noch weiterhin bei sich wohnen lassen, doch Jarik spürte, dass seine Frau ihn nicht mehr ertragen konnte. Er hatte bereits mit Joannis gesprochen, ihm für seine Gastfreundschaft gedankt und ihm gesagt, dass er noch am gleichen Tag ausziehen würde. Nun war es so weit. Jarik packte seine wenigen Habseligkeiten zusammen und sah sich ein letztes Mal im Atelier um. Das würde er am meisten vermissen, das wusste er. Diese außergewöhnliche Atmosphäre hatte ihn vom ersten Tag an eingenommen. Leider schien das Licht im Winter nicht mehr so stark in das Atelier, sodass Jarik nicht mehr sehen konnte, wie es sich in seinen Farben brach. Es war grau und dunkel, als er die Tür hinter sich schloss und den Flur hinunterging. Auf der Treppe wartete Maria bereits auf ihn.

»Du kommst wieder, versprich es mir, Jarik«, bettelte sie und klammerte sich an sein linkes Bein.

Jarik versuchte, sie anzulächeln, doch es gelang ihm nicht recht. »Ja, ich verspreche es dir«, sagte er und wusste, dass sie sein Versprechen nie vergessen würde.

Er verabschiedete sich von Joannis ver Meer und den zwei Mädchen, die mit ihm am Tisch saßen, Catharina war außer Haus. Fast war Jarik froh, dass er sie nicht noch einmal anblicken musste. In ihren Augen lag eine Abneigung gegen ihn, die er sich nicht erklären konnte. Einmal war ihm bereits der Gedanken gekommen, ob sie hinter die Affäre gekommen war, schließlich hatte sie sich sogar einmal mit Griet van Dijck zum Tee getroffen. War ihr da wohl etwas aufgefallen?

Als er in den Schnee vor die Tür trat, fühlte er sich leer. Mutlos schlürfte er in Richtung Wirtshaus, um dort ein Zimmer für die Nacht zu bezahlen. Für die Kirche war es noch zu früh. Er würde erst am Nachmittag zum Marktplatz gehen, um das Paar zu sehen. Bis dahin könnte er sich noch bei einem warmen Bier aufwärmen.

In der Gastwirtschaft war es stickig. Viele Männer lärmten, tranken sich bereits etwas an, bevor sie auf die Hochzeit gehen würden, oder tranken einfach aus Langeweile. Die Wirtin sah ihn aufmerksam an, als er eintrat und war sofort bereit, ihm ein Zimmer für die Nacht zu geben. Jarik ließ sich am Tisch nieder und schlürfte sein Bier. Die Zeit verrann wie zäher Honig.

Viel zu langsam ging die Sonne hinter den Zinnen der *Nieuwe Kerk* unter, als die Glocken zu läuten begannen. Jariks Herz begann aufgeregt zu schlagen. Vor der Kirche sammelten sich neugierige Menschen, die das frisch vermählte Brautpaar sehen wollten. Jarik stand auf, wickelte sich seinen Mantel um und trat auf den Marktplatz. Er ging vorsichtig, darauf bedacht, im Schatten der Häuser zu bleiben. Dann reihte er sich in die Gruppe der Schaulustigen ein. Die schweren Türen der Kirche gingen auf und eine Menschenmasse drang heraus. Mitten unter ihnen meinte Jarik Griet auszumachen. Er konnte ihr Gesicht nicht erkennen, dafür waren zu viele Menschen um sie herum. Lärm drang um ihn, Gestank waberte auf und er fühlte sich merkwürdig benommen. Nun war sie verheiratet. Und er, Jarik, hatte alles verloren. In dem Moment zog ihn jemand grob an der Schulter zurück.

»Hey, de Boer«, sagte eine Stimme und eine finstere Grimasse funkelte ihn an. »Dass du dich hierher traust.«

Jarik begriff nicht, wer vor ihm stand, als bereits eine Faust auf seinen Schädel niederdonnerte und er Sterne sah. Verzweifelt versuchte er gegen den Schwindel anzukämpfen und sich auf den Beinen zu halten. Da traf ihn ein weiterer Schlag gegen sein Kinn und er schmeckte Blut. Benommen sank er in die Knie, als ihn zwei Tritte in den Bauch und in die Hüfte zu Boden rissen. Halb ohnmächtig spürte er, wie sein Körper malträtiert wurde. Das Atmen fiel ihm schwer und er spürte sein linkes Bein nicht mehr. Weitere Tritte gegen Kopf, Brust und Beine ließen ihn in die Ohnmacht entgleiten. Er spürte nur noch die Kälte um sich herum und dachte, fast mit einer Art Glücksgefühl, so möge es endlich enden.

Als er erwachte, waren die Schmerzen so stark, dass er sich wünschte, tot zu sein. Er lag in einem einfachen Bett, unfähig, sich zu bewegen. Noch nicht einmal seine Augen ließen sich öffnen. Sie mussten angeschwollen sein von den Hieben, die er bekommen hatte. Er musste husten. Dabei traf ihn ein Schmerz, der seinen Brustkorb zu teilen schien. Sie mussten auch seine Rippen getroffen haben. In seinem Kopf pochte es unaufhörlich und sein linkes Bein schmerzte so stark, dass er glaubte, es sei gebrochen.

»Trink«, sagte plötzlich eine Stimme und er versuchte durch die Schlitze seiner geschwollenen Augen die Person zu erkennen, die gesprochen hatte. Es war eine alte Frau, ihr Haar war weiß und ihre Augen so hellblau, dass sie fast weiß erschienen.

»Trink«, sagte sie wieder und hielt ihm einen Löffel mit einer Flüssigkeit hin. Mühsam öffnete Jarik den Mund und schluckte. Es war warme Suppe. Erst als er sie im Mund hatte, spürte er, wie kalt sein Körper war. Er musste stundenlang auf dem Boden im Schnee gelegen haben. Doch er konnte jetzt nicht sprechen. Bereits das Schlucken forderte seine ganze Kraft und er glitt dankbar wieder über in die schwarze Farbe.

Kalte Kamine

Catharina ver Meer war zufrieden. So einfach war es gewesen, Jarik die ganze Schuld zu geben.

Bei der Gilde hatte niemand mit der Wimper gezuckt, als sie unter Tränen von dem Betrug, dem die Familie van der Meer ausgesetzt war, berichtete. Sie stellte es so dar, als habe Jarik sich als Stromen ausgegeben, um an Griet van Dijk heranzukommen. Auf den Straßen von Delft hatte er von dem Gemälde erfahren, das Joannis ver Meer von der hübschen Frau malen sollte. Natürlich hatte sich Jarik das nicht entgehen lassen können und er hatte sich eingeschmeichelt. Joannis war so naiv, dass er unschuldig in sein Unglück gelaufen sei.

»Zum Glück haben wir es noch rechtzeitig bemerkt«, sagte Catharina bestürzt. Joannis hätte es gemerkt, als Jarik einen Pinsel in die Hand nahm, keinen Strich konnte der Junge malen und dann immer diese Blicke zu Griet van Dijck. Wir haben ihn sofort rausgeworfen. Keine Ahnung, wo er jetzt ist. Vermutlich in den Gassen von Delft. Keinen Schilling hat er von uns bekommen, antwortete Catharina entrüstet auf Nachfragen der Gilde. Die Konsequenz wurde schnell gezogen. Jarik de Boer sollte am nächsten Tag angeklagt werden. Vermutlich würde er dafür hängen. Für die Affäre mit einer

Verlobten und den Betrug bei einem Malermeister wäre der Tod eine angemessene Strafe, befanden die Gilde-Mitglieder.

Catharina erschauerte, niemandem wünschte sie den Galgen. Doch Jarik hatte es selbst so gewollt. Sie bedankte sich für die Zeit der Männer und ging auf die Straße hinaus. Nach Hause wollte sie noch nicht. Noch ein weiterer Gedanke kreiste in ihrem Kopf. Sie bog um zwei Straßenecken und klopfte am Haus von Hendrick van Buyten.

Überrascht nahm dieser die Frau von ver Meer in Empfang. Sie wirkte aufgeregt. Ihre Augen leuchteten in ihrem erröteten Gesicht.

Er bot ihr einen Platz am einzigen angezündeten Kamin im Haus an und wartete gespannt auf den Grund ihres Besuches. Catharina van der Meer rieb sich die Hände. Die Kälte in dem Haus überraschte sie. Sie hatte erwartet, Hendrick van Buyten sei ein wohlhabender Mann, der dies auch präsentierte. Doch er schien geizig zu sein. Auch seine Körperpflege ließ zu wünschen übrig. Seine Haare waren verklebt, seine Kleidung stank nach Mottenkugeln und seine Haut nach Schweiß.

»Ich befürchte, Jarik Stromen hat vor, zu ihrer Hochzeit zu kommen, *mijnheer*«, sagte Catharina und beobachtete die Reaktion des stämmigen Mannes. Dessen Lippen verzogen sich zu einem grimmigen Lächeln. »Tatsächlich, tut er das?«, fragte er und zog eine Fratze.

»Was gedenken Sie zu tun?«, hakte Catharina ver Meer nach. Sie hoffte, er würde selber auf die Idee kommen. Für eine Frau war es unschicklich, ihm Vorschläge zu unterbreiten. Doch sie musste einfach sicher sein, dass er so agieren würde, wie sie es wollte.

»Nun, ich denke, ich werde ihm einen Denkzettel verpassen«, sagte Hendrick van Buyten und grinste hämisch. »Der Junge wird sich nie wieder in unsere Nähe trauen, wenn ich mit ihm fertig bin.«

Catharina nickte zufrieden. So schlug sie zwei Fliegen mit einer Klappe. Ihre Familie entging der Schande und außerdem wurde sie Jarik los. Und ihr Mann würde sie nie in Verbindung bringen mit dem Verlust des Jungen.

Nun lag ihr nur noch eine Sache auf dem Herzen. Sie musste wissen, was in dem Brief gestanden hatte. Sie konnte es allerdings nicht wagen, Hendrick van Buyten persönlich zu fragen. Sie erfand eine Ausrede, um sich frisch zu machen, und huschte in die Küche, wo sie die Dienstmagd erwartete. Die alte Frau war ganz überrascht, die Frau des Malers in der Küche zu sehen. Aber schnell dämmerte es ihr, was sie von ihr wollte.

»Ich suche den Brief«, sagte Catharina ver Meer frei heraus und sah sich in der Küche um. Die Köchin lächelte verächtlich. »Ich habe ihn nicht mehr. Hendrick van Buyten hat ihn an sich genommen und ihn verbrannt, nachdem er ihn gelesen hat«, sagte sie und schnaubte.

Catharina konnte ihre Enttäuschung kaum verbergen. Sie wandte sich zum Gehen, als die Frau sie aufhielt.

»Aber ich habe ihn gelesen«, sagte sie und betonte das letzte Wort des Satzes besonders.

»Sie? Und was stand drin?«, fragte Catharina überrascht über die Fähigkeiten der Frau.

»Schmutzige Dinge standen drin. Das Fräulein van Dijk hat sich einiges geleistet«, schnaubte die Köchin und spuckte in die Flammen auf dem Herd. Catharina van der Meer ging einen Schritt zurück. »Was genau stand in dem Brief?«, fragte sie weiter. Sie musste es wissen, auch wenn der Brief vernichtet war, sie wollte sich selbst von der Affäre überzeugen und von wem sie ausging. Denn, und das behauptete die Köchin ja, Griet hatte die Fäden in der Hand gehabt. Das überraschte Catharina. War ihr Jarik doch immer so voller Verlangen vorgekommen. Allerdings war er noch jung und unerfahren. Er hatte wohl nicht an die Konsequenzen gedacht, die auf ihn zukommen würden, so wie es Joannis dargestellt hatte. Für einen Moment fühlte sie etwas wie Mitleid mit Jarik. Er durfte nicht hingerichtet werden. Nicht, wenn dieses Mädchen so unverschuldet davonkommen würde.

»Was stand in dem Brief?«, fragte sie noch einmal, diesmal mit schärferem Unterton.

»Sie schrieb davon, wie sehr sie sich nach ihm sehnt und dass sie sich mit ihm an den Holunderbüschen im Park treffen will. Abends, allein. Wenn er nicht kommen würde, würde sie zu ihm in das Atelier kommen, auch wenn dann *meester* ver Meer davon erfahren würde.«

Catharina atmete tief durch. Das war es also. Das war die Wahrheit. Sie dankte der Köchin und verließ das kalte Haus der van Buytens.

Das Zimmer war dunkel. Zwei Stimmen flüsterten im Schatten, als würden sie sich gegenseitig beschwören. Jarik versuchte zu hören, was sie sprachen, erkannte aber nur, dass es zwei Frauenstimmen waren. Seine Augen ließen sich immer noch nicht ganz öffnen, doch er fühlte sich etwas besser. Der Schmerz hatte nachgelassen, er konnte freier Atmen und in seinem Kopf dröhnte es nur noch leicht.

Er versuchte sich zu erinnern, wie lange er schon hier lag. Doch er konnte Tag und Nacht nicht auseinanderhalten, erinnerte sich nur an die eine Mahlzeit, die er zu sich genommen hatte und konnte sich gar nicht daran erinnern, sich entleert zu haben.

»Jarik?«, die Stimme, die ihm befohlen hatte, zu trinken, sprach nun wieder.

Er sah in die Dunkelheit und erkannte die alte Frau.

»Erinnerst du dich, was passiert ist?«, fragte sie und sah ihn lange an.

Jarik nickte sacht, dabei nahm das Pochen zu.

»Weißt du, wer dir das angetan hat?«, hakte sie

nach. Jarik schüttelte kaum merklich den Kopf.

»Hör zu, du musst weg aus Delft. Das war nur der Anfang, hörst du. Hier bist du nicht sicher. Sie werden dich hängen lassen.«

Der Ton der Frau klang ernst, aber ruhig.

Jarik verstand. Es war eine Drohung gewesen, vermutlich von Hendrick van Buyten. Dass er ihn nicht umgebracht hatte, war noch ein Glück. Aber vielleicht hatte er damit gerechnet, dass Jarik im Schnee erfror.

»Übermorgen wirst du von hier verschwinden, ist das klar?«

Jarik nickte. Zwar wusste er noch nicht, wie er in zwei Tagen wieder auf die Beine kommen sollte, aber die Stimme klang forsch und bestimmt. Er wagte nicht, ihr zu widersprechen.

»Wer hat mich hierher gebracht?«, Jariks Stimme klang hoch und schwach. Er spürte, wie ihm schwindelig wurde und er schloss für einen Moment die Augen.

»Das ist nicht wichtig«, sagte die Stimme und verließ den Raum. Plötzlich war Jarik mulmig zu Mute. Er hatte ein ungutes Gefühl. Wer hatte ihn gefunden und warum lag er bei der Wirtin im Zimmer? Hatte sie ihn gesehen und hereingeholt? Und wer war die zweite Person im Zimmer gewesen, die nichts gesagt hatte?

Dann wurde es wieder dunkel um ihn herum.

Delft

März 1658

Griet van Buyten

Griet war alleine zu Hause. Hendrick van Buyten war unterwegs – wie immer. Er hatte wenig Zeit für sie und ließ sie spüren, wie sehr er sie für ihre Taten verachtete. Dass er sie geheiratet hatte, war seine Strafe für sie gewesen. Er dagegen vergnügte sich fast jeden Abend in den Wirtshäusern und verbrachte jede Nacht mit einer anderen Dirne. Sie roch den Geruch nach Schweiß und weiblichen Körpern, wenn er nach Hause kam. Aber sie war froh, dass er sich bei ihnen austobte und sie in Ruhe ließ. Sie teilten sich kein Schlafzimmer. Sie schlief in einer kleinen Kammer. Es war seine Idee gewesen und Griet war froh, dass er so entschieden hatte.

Sie vermisste ihr altes Leben. Seit Monaten hatte sie nicht mehr gelacht, geschweige denn ein glückliches Gefühl gehabt. Der einzige Lichtpunkt am Tag war das Gemälde, was in ihrem Zimmer hing. Das Gemälde, das van der Meer von ihr gemalt hatte und das ein Geschenk ihres Verlobten war. Er konnte es ihr nicht absprechen. Das hätte sie ihm nie erlaubt und das wusste er. Griet war innerlich zerbrochen an dem Tag, als sie erfahren hatte, dass Jarik Stromen gestorben war. Es war am Tag ihrer Hochzeit geschehen. Einem Tag, der für sie der schwärzeste in ihrem ganzen Leben sein würde. Während der Trauung hatte sie die Reihen nach Jarik abgesucht, hatte versucht, ihn zu entdecken. Doch es war töricht von ihr gewesen, zu glauben, dass er zu ihrer Hochzeit kommen würde. Er liebte sie. Nie hatte sie ein Mann mit so einem Verlangen angeschaut und sie so behandelt. Dass er wegen ihr sterben musste, würde sie nie verkraften. In ihrer Brust bebte es, wenn sie an ihn dachte.

Vor den Stufen der Kirche hatten noch mehr Menschen gewartet, die wegen Hendrick van Buyten gekommen waren. Er war beliebt in der Stadt. Er hatte viel Geld, ein gutes Ansehen und auch wenn er geizig war – so geizig, dass sie manchmal nicht genug zu essen und über keine Wärme im Haus verfügten –, hatten die meisten Menschen nur gute Worte für ihn übrig. Vielleicht fürchteten sich die einen oder anderen auch vor dem Einfluss seiner Familie in Delft.

Griet fürchtete sich nicht vor ihrem Mann. Sie verachtete ihn. Sie wusste, dass er die Männer geschickt hatte, die Jarik umgebracht hatten. Sie mussten ihn zusammengeschlagen haben, während sie auf dem Weg zum Wirtshaus gewesen war, um mit den Gästen zu speisen und die Hochzeit zu feiern. Wie lange mag er im Schnee gelegen haben, bis er seinen letzten Atemzug tat?

Griet fühlte sich schwach und ausgelaugt. Ihre Hände waren kühl. Sie hatte sich schon lange nicht mehr vor einem Feuer gewärmt. Doch Jarik war auch im Schnee gestorben. Auch Griet würde durch Kälte innerlich erfrieren. Das hatte sie sich vorgenommen. Sie hatte keine Kraft, um ihr Leben lang mit Hendrick van Buyten zusammen zu bleiben. Er war ihr zuwider. Traurig betrachtete sie sich auf dem Gemälde, in den Händen der Liebesbrief. Wie sehr hatte sie sich einen von Jarik gewünscht. Schließlich hatte sie es selbst übernommen, einen zu schreiben, und er war nicht gekommen. Aus Angst? Aus Frust? Ja, sie war verlobt, aber hatte er nicht ihre Liebe gespürt? Hatte er es nicht genossen mit ihr? Sie machte sich Vorwürfe, dass sie es ihm nicht persönlich gesagt hatte. Vielleicht wäre er dann gekommen.

Die Stunde am Haselnussstrauch war für sie die schwerste in ihrem Leben. Mehrmals hatte ihr Herz ausgesetzt, als sich eine Person von Jariks Statur genähert hatte. Doch es waren immer Fremde gewesen, die nur durch den Park schlenderten. Sie hatte gedroht, zu ihm ins Atelier zu kommen, doch dann war der Brief plötzlich bei Hendrick aufgetaucht. Wie war er ihm in die Hände gelangt? Jarik wäre niemals so töricht, sich selbst ans Messer zu liefern. Hatte er ihn verloren und jemand hatte ihn gefunden? Aber wenn ja, dann hätte es jemand sein müssen, der ihre Handschrift kannte. Griet ging unruhig durch ihre kleine Kammer. Das gelbe Kleid, das sie nun regelmäßig trug und schon dreckig und abgenutzt aussah, knisterte bei jedem Schritt.

Da hörte sie Stimmen im Haus. Es war ihr Mann.

Er musste wieder getrunken haben, weil seine Stimme laut und ungehobelt klang. Er schrie nach ihr. Seufzend ging Griet in den Flur, um ihm entgegenzutreten.

»Griet, komm in mein Zimmer«, verlangte er plötzlich und Griet erschrak. Sie zögerte, als sie sein wildes Gesicht sah und seine roten Wangen. Seine Augen waren blutunterlaufen und blickten leer auf ihren Körper.

»Wieso trägst du eigentlich immer dieses Kleid? Erinnert es dich an ihn?« Seine Stimme röhrte durchs Haus. Griet zuckte zusammen. Sie konnte ihm nichts erwidern. Wenn er betrunken war, regte ihn jedes Gespräch auf, egal was sie ihm antworten würde.

»Jetzt wirst du mir gehorchen. Das ist deine Pflicht als Frau«, schrie er erbost und seine Augen blitzten gefährlich. Er griff nach ihrem Handgelenk und zehrte sie grob ins Bett. Griet versuchte sich aus seinem Griff zu lösen, doch er drückte fester zu und sie merkte, wie er ihren Arm auskugelte. Sie stöhnte vor Schmerzen.

»Wie hast du es denn gern? Er wusste es bestimmt, was?«, johlte Hendrick nun und er rollte sich mit seinem schweren Körper auf sie. Sie versuchte seinen feuchten Lippen auszuweichen. Als er das merkte, wurde er zornig. Wütend schlug er in das Laken, dann klatschte er Griet eine und stieß sie vom Bett.

»Du Hure. Mit mir willst du nicht schlafen, aber

mit jedem anderen hier in Delft, was? Nur gut, dass er tot ist. Und das wirst du auch sein, wenn du mir jetzt nicht gehorchst!«

Hendrick war so aufgebracht, wie Griet ihn noch nie gesehen hatte. Er stürmte auf sie zu, während sie schutzlos am Boden lag, überlegte es sich dann aber doch anders. Er verließ polternd das Zimmer. Griet zitterte. Ihr Arm schmerzte und sie wusste nicht, was er nun machen würde. Als sie hörte, wie er in ihre Kammer eindrang, traf sie es wie ein Schlag: Er würde ihr Gemälde zerstören! Es war ihm schon so lange ein Dorn im Auge und nun würde er es machen. Sie sprang auf und stürmte hinter ihm her. Er stand in ihrer Kammer, den Blick auf das Bild gerichtet, der Wahnsinn stand in seinen Augen.

»Tu das nicht«, schrie sie ihn an und griff nach seinen Armen. Doch er wehrte sich, trat gegen sie und sie stürzte gegen die Bettpfosten.

Etwas in ihrem Rücken knackte, sie konnte ihre Beine nicht mehr spüren, nur noch ihr Arm schmerzte unerträglich. Sie sah den Blick von Hendrick auf ihr, während sie zusammensackte. Sein Blick war nicht mehr zornig, sondern überrascht, als wundere er sich darüber, wie zerbrechlich sie war.

Dann wurde alles schwarz.

Delft

August, 1669

Maria ver Meer

Im Haus der ver Meers herrschte Stille, als der Bote eintrat. Catharina ver Meer lag im Bett, sie fühlte sich nicht wohl. Sie hatte den Verlust ihres kleinen Mädchens, am 16. Juli diesen Jahres, noch nicht überwunden. Es wurde im Familiengrab in der *Oude Kirk* beigesetzt.

Maria, mittlerweile 15 Jahre alt, konnte es ihr nicht ganz nachfühlen. Mittlerweile hatte sie einige Geschwister – davon waren nun drei im frühen Kindesalter gestorben. Sie konnte nicht um jedes trauern, dass früh starb. Der Bezug zu ihren Geschwistern war nicht eng, im Gegenteil. Manchmal bemerkte sie sie kaum. Sie sah sie als Objekte, die sie in ihrer Ruhe störten, die Ruhe, die sie für die Malerei benötigte. Nun war die Zeit des Malens vorbei und auch das einstige Leben, das das Haus erfüllt hatte, war verstummt.

Joannis ver Meer saß in Gedanken versunken am Kamin. Auch ihm war die heitere Stimmung in den schweren Zeiten abhandengekommen. Seit Monaten hatte er kein neues Gemälde nach dem *Astronom* angefangen. Sie spürte, dass seine Konzentration durch die Vorfälle in seinem Leben abhandengekommen ist. Er hatte keine Durchsetzungskraft mehr, die vielen Schulden, die die Familie angehäuft hatte, lenkten ihn ab. Seine Hände kamen ihr so nutzlos und leer vor, wenn er keinen Pinsel führte.

Schon lange hatte sie es geahnt. Joannis ver Meer würde die Familie, die mittlerweile so groß, ja viel zu groß, war, nicht alleine ernähren können. Ihre Mutter war ebenfalls zu schwach, die Geburten hatten ihren Geist benebelt und das Kindergeschrei ihre Ohren taub gemacht. Viele Tage verbrachte sie damit, im Bett zu liegen und über ihre Kinder nachzugrübeln, anstatt Zeit mit ihnen zu verbringen. Dafür war jedoch Rike da. Sie war Magd, Köchin, Freundin und große Schwester in einem. Mittlerweile gehörte sie zu Familie, was Maria akzeptierte. Nur wenn Rike ihre Aufgaben als große Schwester übernahm, hatte sie Zeit für die wichtigeren Dinge. Denn sie hatte die Aufgabe des Verdieners im Haus übernommen. Seit einigen Jahren schon, malte sie im Atelier ihres Vaters.

Sie seufzte. Wäre es jemals so gekommen, wenn Jarik nicht gestorben wäre? Es kam ihr vor, als wäre es ein anderes Leben, indem sie mit dem jungen Mann gemeinsam auf der Stufe saß und Vögel zeichnete. Doch es war der Anfang ihres Lebens, ihres richtigen Lebens. Die Skizzen, die sie angefertigt hatte mit Hilfe der Kohle, waren so einfältig, und dennoch konnte sie ver Meer damit überraschen. Sie spürte es an seinem Blick, als er ihre Zeichnungen sah. Und plötzlich war das Leuchten wieder da. Das, was er in den Augen hatte, wenn Jarik im selben Raum war. Er hatte wieder Hoffnung, baute auf seine eigene Tochter, von der er es eigentlich überhaupt nicht erwartet hatte. Von einem zum anderen Tag nahm er Maria wahr – nicht als Mädchen oder Tochter, sondern als Mensch. Sie hatte Talent, das konnte er nicht abstreiten, bereits im Alter von rund neun Jahren, malte sie fast genauso kunstvoll mit Pinsel und Farbe, wie Joannis selbst.

Ihre ersten Zeichnungen nahm er einfach so hin, doch als sie anfing, Personen-Zeichnungen anzufertigen – aus dem Gedächtnis heraus, schließlich durfte niemand wissen, dass sie ebenfalls malte, wusste Joannis diese zu nutzen. Sie verkauften ihre Gemälde unter seinem Namen. Sie dienten dazu, die Rechnungen beim Bäcker oder beim Fleischer zu begleichen. Die Zeiten für Maler waren schlecht. Joannis bekam selten Aufträge, wurde seine Gemälde nicht los. Wie sehr hatte sich sein Blick in diesen Jahren geändert, während sie zu einer stattlichen jungen Frau heranreifte, deren Talent Jahr für Jahr mehr erblühte. Joannis vermochte sie nicht mehr zu bändigen, er sah in ihren Bildern frisches Blut, dass sich auszubreiten versuchte und er spürte, dass sie ihn in ihrer Schaffenskraft bald übertrumpfen würde. Mit jedem Tag, mit dem Maria ver Meer selbstbewusster wurde, schwand die Kraft in Joannis ver Meer.

Er kam sich unnütz vor. Obwohl nun zwei Maler in der Familie aktiv wurden, schaffte er es nicht, Catharina zufriedenzustellen. Sie sah nur die Geldprobleme und drängte ihn Tag für Tag, zu malen und die Gemälde schneller zu verkaufen. Für ihn wurde die Kunst zu einem Brotgewerbe, die Leidenschaft, die er damit verband, war bereits vor Jahren verschwunden. Auch die vielen Kinder störten ihn. Er liebte jedes einzelne, doch sie raubten ihm Kraft, Geld und Zeit. Auch die Totgeburten legten dunkle Schatten über das Haus. Lange schon war kein Lachen mehr in den Zimmern ertönt. Die jungen Geschwister spüren, dass getrauert wurde. Eine Trauer um das dritte Kind, das mit nur zwei Jahren gestorben war.

Der Winter war hart gewesen und Joannis ver Meer hatte nur ein Gemälde verkaufen können. Feuerholz war rar. Die Folge waren schwere Erkältungen, das jüngste Mädchen hatte die Lungenentzündung nicht verkraftet.

Joannis ver Meer wusste, dass Catharina ihm insgeheim Vorwürfe machte, weil er nicht mehr Geld besaß. Lange schon steckte sie mit ihrer Mutter unter einer Decke und redete schlecht über ihn. Die ganze Welt war gegen ihn gerichtet und den Anfang hatte es genommen, als er Jarik de Boer eingestellt hatte. Es war wie ein Fluch, der sich über das Haus gelegt hatte und nie wieder von ihm weichen würde.

Der Bote hatte nasse Schuhe, die auf dem Holzboden Pfützen hinterließen. Der erste Frühlingsregen war ausgebrochen und Joannis ver Meer war froh, dass in den Räumen nicht mehr der Frost steckte.

»Ich habe eine Nachricht für Joannis ver Meer«, verlas er den Zettel und der Maler hob müde seinen Kopf. Seine Augen waren dunkelumrahmt und seine Wangen eingefallen. Er war mittlerweile 37 Jahre alt. Er fühlte, dass seine besten Jahre bereits der Vergangenheit angehörten und er fragte sich, was sein Leben nun noch für einen Sinn haben würde, wo noch nicht einmal seine Malerei mehr gewürdigt wurde.

»Ich muss die traurige Nachricht des Todes von Hendrick van Buyten überbringen. Er verschlief im Alter von 42 Jahren in der vergangenen Nacht. Er hatte den Winter über an einer Lungenentzündung gelitten und erlag ihr schließlich.« Die Worte des Boten klangen hölzern und abgehackt. Joannis ver Meer nahm sie nur vage wahr. Er war in Gedanken noch bei einer Idee für ein Gemälde. Er dachte an ein Bild von einem Mädchen, vertieft in ihre Arbeit. Vielleicht würde sie sticken. Er sah bereits ihre feinen Hände vor sich, die Wollfäden in einem Kästchen. Sie war jung und hatte ihr Leben noch vor sich. Es würde eine Allegorie werden auf das Leben. Jeder knüpft selbst seine Fäden. Ihr Werk würde nicht zu sehen sein, so wie niemand weiß, was für ein Bild die Fäden des Lebens schließlich ergeben würden.

»Er hinterlässt Ihnen, Joannis ver Meer, das Gemälde, das sie von Griet van Dijck vor zwölf Jahren angefertigt haben«, endete der Bote und steckte das Papier ein. Dann nahm er den Rahmen, den er derweil an eine Wand gelehnt hatte und überreichte ihn dem überraschten Joannis ver Meer. Das Gemälde war um keinen Tag gealtert. Er hatte es in Ehren gehalten, merkte der Maler, während ihm selbst klarwurde, wie viel Zeit inzwischen vergangen war. Er spürte den Blick von Maria auf dem Bild. Sie war die einzige der Geschwister, die sich noch an Jarik erinnerten.

»Danke«, sagte Joannis ver Meer und verabschiedete den Boten. Was Catharina wohl dazu sagen würde. Vermutlich sähe sie nur das Geld, was sich mit diesem Gemälde machen ließe. Was für ein Glück, dass wir zweimal mit diesem Bild etwas verdienen können, hörte er ihre Stimme bereits. Joannis überlegte für einen Moment, ob er ihr es überhaupt sagen sollte. Er spürte, dass dieses Bild ein Geschenk für ihn wahr, als würde er mit ihm seine Jugend wieder zurückbekommen. Er spürte die Kraft, die er damals hatte, seine Hoffnungen als junger Maler einmal nach Amsterdam zu gelangen und dort arbeiten zu können, und für einen Moment vergaß er seine Sorgen, die ihn umgaben wie damals der Geruch nach Farben.

»Was wirst du nun mit dem Bild machen?«, fragte Maria ihn neugierig und ihre wachen Augen lagen weiterhin auf dem Bild. Er spürte ihre Liebe zu den Gemälden, die auch in seinen Adern schlug. Doch es missfiel ihm, dass sie dabei so hochmütig war. Sie wusste, wie gut ihre Bilder waren, und dass sie ihrem Vater in nichts nachstand. Er dachte an ihr letztes Gemälde, das sich gut verkauft hatte. Es war ein Selbstporträt. Das hätte Vermeer niemals gewagt. So viel Selbstvertrauen hatte er nicht besessen. Dieses Verhalten seiner klugen Tochter, machte ihm Angst. Der Käufer, ein gutbetuchter Kaufmann aus Delft, hatte das Gemälde gelobt. Es ähnelte, fand Joannis, einem seiner Gemälde, bei dem ein Mädchen mit leicht geöffneten Mund den Betrachter anschaute. Im Blick eine Melancholie, die das Herz des Betrachters einnahm. Statt eines Perlenohrrings, der Mittelpunkt von seinem Bild war, trug Marias Abbild einen auffallenden roten Hut. Doch er war ungenau gezeichnet, fand Joannis, er konnte nicht entdecken, aus welchem Stoff er bestand, ob er Federn hatte oder ein Muster. Er warf Maria vor, Details zu missachten und schlecht zu arbeiten. So etwas könne er in seinem Namen nicht verkaufen, hatte er wütend geschrien. Ihr war eine einzelne Träne die Wange hinabgerollt, danach hatte er sie nie wieder weinen gesehen. Er spürte, dass seitdem etwas zwischen ihnen zerbrochen war und er befürchtete, dass es der Respekt war, den sie ihm entgegengebracht hatte.

Sie wusste genau, was sie tat, das spürte er durch seine Eifersucht hindurch. Der Hut war ein ungewöhnlicher Blickfang, der das Interesse des Betrachters mehr bewegte, als ein detaillierter Ohrring. Noch nie hatte er einen solchen Hut gesehen und konnte die Sprachlosigkeit des Käufers nachvollziehen, der erst nach einer kurzen Pause seiner Begeisterung Ausdruck verlieh. In diesem Moment fühlte sich Joannis ver Meer mehr betrogen, als er den Käufer betrug. Er wusste, dass seine Zeit fast vorbei war. Seine Ideen waren ausgeschöpft, alles was er nun produzieren würde, waren Abbilder seine vorhergehenden Werke. Maria war es, die die Welt der Kunst weiterbringen würde, während sein Name schnell in Vergessenheit geraten würde.

All das ging ihm durch den Kopf, während er das Gemälde vor sich hielt. Schweigend stand er auf und brachte es in sein Atelier. Er würde am nächsten Morgen entscheiden, was damit geschehen würde. Marias Blick ignorierte er, als er zu seiner Frau ins Zimmer ging, um sie zu trösten.

Am nächsten Morgen war alles anders. Joannis ver Meer spürte es bereits, als er die Tür zum Atelier öffnete und sich das Holz anders verzog. Die Fenster waren bereits geöffnet und das warme Licht des Frühlings fiel auf eine Art und Weise in den Raum, die ihn innerlich bewegte. Am liebsten hätte er sofort den Pinsel in die Hand genommen und begonnen etwas zu malen. In der Nacht war ihm eine weitere Idee gekommen, die keinen Aufschub duldete. Er würde eine weitere Szenerie mit einem Liebesbrief malen. Aber dieses Mal würde der Brief von einer Dienstmagd überbracht. Die Angebetete war bereits betagt und würde ein Instrument in der Hand halten, das ihrer Musikalität Ausdruck verleihen sollte. In ihrem Blick sollte keine Leidenschaft, sondern Überraschung liegen, um zu zeigen, dass sie nicht in erster Linie an ihren Verehrer dachte, den sie mit ihrer musischen Ader verführt hatte. Ob sie ihn wirklich lesen würde, oder ihn gegen ein Notenblatt eintauschen würde, bliebe offen. Er spürte, dass es heute der richtige Tag war, mit dem Gemälde anzufangen, als sein Blick auf seiner Staffelei verweilte. Er hatte den Rahmen am vergangenen Tag besonnen darauf platziert und mit einem Tuch überdeckt, so wie er es bei frischen Gemälden immer tat. Nun war das Tuch leicht verzerrt, als wäre es abgenommen worden. Überrascht trat Joannis vor die Staffelei und hob den Stoff hoch. Seine Hände zitterten, als er das Gemälde ansah. Es war verändert worden.

Mijn god, dachte er nur und ließ den Stoff fallen. Als das Licht das Gemälde beleuchtete, brachen die Tränen aus ihm hervor. Er ging in die Knie und stützte seinen Kopf in die schwachen Hände. Er weinte, bis er keine Träne mehr übrig hatte und sein Kopf leer war. Dann betrachtete er das Werk ein zweites Mal. Mit den vergossenen Tränen hatte er auch seine Hoffnungen vergossen und seine Sorgen. Nie wieder würde er so intensiv fühlen, wie er es gerade getan hatte.

Maria hatte den Hintergrund verändert. Das Bild des Amors war übermalt worden. Die Striche waren fein und sorgfältig gezogen worden, obwohl sie es in der Nacht gemacht haben musste, bei spärlichem Licht. Doch ihre Änderungen passten sich einwandfrei in sein Gemälde ein, ja sie hatten es verbessert.

Die Harmonie des grünlichen Vorhangs mit dem gelben Kleid war bezaubernd. Der Vorhang sog das einfallende Licht fiel besser in sich auf und gab es an den Betrachter weiter, als die karge Wand. Die ungewöhnlichen Falten im Vorhang ließen darauf schließen, dass sich jemand hinter ihm versteckte. So erhielt das Bild einen bedrohlichen Aspekt, wenn man davon ausging, dass das Mädchen nicht wusste, dass sie beim Lesen ihres Liebesbriefes beobachtet würde. Sie merkte nicht, dass ein Eindringling in dem Raum war. Oder aber, sie hatte ihn dahinter versteckt, damit niemand ihn sehen möge. Den Brief zog sie dem heimlichen Liebhaber vor, da er wohl von jemandem kam, dem sie ihr Herz geschenkt hatte. Joannis ver Meer erblickte in dem Gemälde die Geschichte, die sich vor zwölf Jahren abgespielt hatte und spürte, dass mit der Änderung des Gemäldes ein Schlussstrich gezogen worden war und gleichzeitig eine Erinnerung, die noch Jahre später Menschen in ihren Bann ziehen würde.

Als Joannis ver Meer Maria anblickte, hielt sie seinem Blick stand.

»Warum hast du das Bild verändert?«, fragte er und in seiner Stimme schwangen keinerlei Gefühle.

»Es ist nicht recht, dass jemand das ursprüngliche Gemälde in seinem Zimmer aufhängen wird und nicht die wahre Geschichte kennt«, sagte sie, dann trat sie mit bestimmten Schritten aus seinem Atelier und ließ ihn vor dem vollkommenen Gemälde stehen.

Jarik de Boer

Die Sonne stand bereits über dem Schweinestall, als Jarik aufwachte. Auf dem Hof war es still. Sein Kopf brummte von der verzechten Nacht. Ihm schwindelte, als er auf die Beine kam und in die Küche stolperte, um sich vom Laib Brot abzuschneiden. Auf dem Küchentisch lagen verstreute Zeichnungen, die er heute abgeben musste. Er war nicht sonderlich zufrieden mit ihnen, aber das war er nie. Der Buchdrucker würde sie ihm wie immer aus den Händen reißen und als Vorlage benutzen.

Dass Jarik sich nicht anstrengen musste, dass nichts mehr von ihm verlangt wurde, zerstörte ihn Tag für Tag ein Stück mehr. Seine Hoffnungen waren mit seiner Mutter, damals vor zwölf Jahren, vergraben worden. Seitdem hoffte er, am nächsten Tag nicht aufzuwachen. Wenn er es doch tat, versuchte er, den Tag bestmöglich zu bestehen, um sich erneut ins Bett zu legen mit der Hoffnung, irgendwann möge seine Qual ein Ende finden.

Der brummende Schädel erinnerte Jarik an den Grund seines Trunks in der vergangenen Nacht. Vor zwölf Jahren war auch sein Vater gestorben. Nur wenige Wochen nach dem Tod seiner Mutter. Er hatte den Schmerz körperlich nicht verkraftet, konnte seine Schweine nicht verpflegen, die kurz danach verendeten. Vermutlich war das Futter schlecht gewesen, weil Piet es nicht trocken lagern konnte. Als der Schnee schmolz, wurde es feucht, aber der Schmerz machte Piet blind und er bemerkte zu spät, dass er seine Schweine verseucht hatte. Dieser Verlust brach sein Herz vollends und er starb in einer kühlen Märznacht, ohne sich zu verabschieden. Das hätte Jarik auch nicht von ihm erwartet. Seitdem er aus Delft zurückgekehrt war, herrschte eine eisige Stille zwischen beiden. Piet fragte nicht einmal, woher die Kratzer und Wunden stammten, die Jarik noch Wochen nach seiner Ankunft schmerzten. Zunächst konnte er Piet nicht zur Hand gehen und er spürte, dass Piet sich damals vollends von ihm abgewandt hatte. Piets Tod war für Jarik wie eine Erlösung. Lange hätte er nicht mehr so leben können.

An einem Abend, es war an einem frostigen Januartag, stand er am Giebel, einen Strick in der Hand. Das Einzige, was ihn davon abhielt, war der Gesichtsausdruck seines Vaters, wenn er ihn finden würde.

Jarik räumte die Zeichnungen zusammen und verschnürte sie. Dann aß er etwas Brot mit Käse und gönnte sich ein Glas Milch, bevor er den Hof verließ und Richtung Dorfplatz marschierte. Der Buchdrucker war ein alter Mann, nicht sehr reich, doch mit dem, was Jarik bei ihm verdiente, konnte er ein einfaches Leben führen. Das reichte ihm. Die

Verbindung hatte Sander geknüpft. Ohne es ihm zu sagen, hatte er dem Buchdrucker Skizzen von Jarik gezeigt, die er bereits als Junge angefertigt hatte und ihn weiter empfohlen. Da dieser Sander und seinen Handel gut kannte, stellte er Jarik als Zeichner ein. Sander war der einzige Mensch, der in der schweren Zeit zu ihm gehalten hatte und ihn unterstützte. Dafür hatte er auf ewig seine Dankbarkeit. Als er die Skizzen abgegeben hatte und über den Marktplatz schlenderte, erblickte er seinen treuen Freund, der ihm zuwinkte.

Er ging hinüber und begrüßte ihn herzlich.

»Ich habe Neuigkeiten für dich, aus Delft«, sagte Sander aufgeregt und überreichte ihm einen Brief. Ungelenk öffnete Jarik ihn. Zuletzt hatte er den Brief von Griet erhalten, danach keinen mehr in Händen gehabt. Auch würde er ihn nicht mehr entziffern können. Als er die wirren Striche und Punkte sah, warf er Sander einen vielsagenden Blick zu. Er begriff und las ihn ihm vor. »Er ist von einer gewissen Maria van der Meer geschrieben worden. Sie will, dass du nach Delft kommst. Hendrick van Buyten ist gestorben und hat ihr etwas hinterlassen, was sie dir schenken möchte. Mehr schreibt sie nicht.«

Jarik sah Sander verwundert an. Er konnte nicht zurück nach Delft gehen, zu groß war die Gefahr, dass er wieder erkannt und gehängt werden würde. Sander hatte ihm erzählt, dass die Leute glaubten, er sei tot. Die Nachricht von der Prügelei hatte sich im

Ort verbreitet. Nur seine Leiche war nie gefunden worden. Doch das war nichts Überraschendes. Gerüchten zufolge sei sein Kopf im Fluss auf- und abgetaucht. Ein anderer meinte, ein Feuer in der Nacht gesehen zu haben, und glaubte daran, dass Jariks Leiche verbrannt worden war. Wieder andere wussten, dass Leichen, die kein Geld für eine Bestattung hinterlassen hatten, aus der Stadt herausgetragen werden und man sie irgendwo vergräbt. Was würden diese Leute für Augen machen, ginge Jarik putzmunter an ihnen vorbei.

Sander spürte, dass sein Freund zögerte.

»Wie wäre es, wenn du mit einem meiner Karren fährst? Verstecke dich zwischen den Säcken. Der Fahrer wird dich vor der Tür des Hauses herauslassen und nach einer Stunde wieder abholen«, schlug Sander ihm vor. Doch Jarik zweifelte weiter. Als er Delft bei Nacht verlassen hatte, sein Körper war noch völlig zerschunden, hatte er sich geschworen, nie mehr zurückzugehen. Vor allem nicht in das Haus seines ehemaligen Meisters. Wusste er überhaupt davon, dass seine Tochter ihn eingeladen hatte?

Schließlich willigte Jarik ein. Erinnerte er sich doch noch an sein Versprechen, das er der damals vierjährigen Tochter gegeben hatte. Wenigstens das würde er in seinem Leben einhalten, um nicht noch einen Menschen zu enttäuschen.

Es war ein warmer Augusttag. Die Sonne schien wohlwollend auf die satt mit Gemüse bestückten

Felder und die Vögel sangen um die Wette. Jarik lag zwischen Säcken voller Mehl. Der Karren holperte nur so über die schlechte Straße und er hoffte, dass sein Rücken diese Fahrt heil überstehen möge. Als er endlich das Stoppen der Räder wahrnahm und der Fahrer einmal auf die Säcke schlug, wusste er, dass er angekommen war. Er sprang schnell vom Karren und klopfte hastig an die Tür, während er im Schatten der Hauswand wartete. Rike öffnete ihm die Tür. Ihre Augen weiteten sich, als sie Jarik vor sich erkannte. Schnell ließ sie ihn ein und trat ihm im Flur in den Weg.

»Was geht hier vor?«, fragte sie. Sie hatte tiefe Ringe unter den Augen, hatte einiges an Gewicht zugelegt und ihre Stimme klang rau und erfahren. Von ihrer jugendlichen Melancholie war nichts mehr zu spüren. Sie war zu einer abgehärteten Frau herangewachsen, die sich nicht mehr so leicht einschüchtern ließ.

»Maria hat mich herbestellt«, sagte Jarik schnell und versuchte einen Blick hinter ihr in den Flur zu erhaschen, wo er Schritte vernommen hatte. Als er den Namen Maria erwähnte, zuckten ihre Augen bedrohlich. Anscheinend hatte sich ihr Verhältnis noch immer nicht verbessert.

»Sie ist im Atelier«, sagte sie schließlich und ließ ihn vorbei. Schnell schritt er durch den Flur. Er wollte dem Meister nicht begegnen. Genauso wenig einem Besucher, der sich vielleicht gerade hier aufhielt. Er wunderte sich, dass sie bei Joannis ver Meer sein sollte. Ob er nun endlich seine Tochter zeichnen würde?

Als er die Tür zum Atelier öffnete, erblickte er ein ganz anderes Mädchen, als das, das er in Erinnerung hatte. Maria stand vor einer leeren Leinwand, hatte ein paar Farben auf einer Platte und mischte sie gedankenverloren. In ihren Händen lag ein Pinsel, der ruhig in den dunklen Farben kreiste. Als sie ihn bemerkte, legte sie Pinsel und Farben zur Seite und umarmte ihn freudig.

»Jarik! Du bist gekommen«, sagte sie glücklich und sah ihn mit ihren grünen Augen fröhlich an. Sie hatte sich in den vergangenen Jahren entfaltet wie eine Blume, während er Tag für Tag mehr eingegangen war. Er fühlte sich faltig und verlebt neben ihr.

»Das habe ich dir doch versprochen, damals«, sagte er und lächelte ein wenig.

»Ich dachte erst, du wärst tot«, gestand sie und in ihren Augen tauchte für einen Moment ein Schatten auf. Sie hatte um ihn getrauert.

»Das glauben die Menschen«, sagte Jarik und sah sich im Atelier um. Es war fast unverändert. Nur das Strohbett in der Ecke war weggeräumt. »Hat dein Vater dich unterrichtet in der Malerei?«, fragte Jarik neugierig.

»Gezwungenermaßen. Wir stecken bis zum Hals in den Schulden. Ich musste mitmalen, damit wir genug Gemälde verkauften. Ich male heimlich, niemand weiß, dass einige Gemälde nicht von ihm sind«, erklärte sie.

»Ich muss dir etwas geben«, sagte sie geheimnisvoll und ging in eine Ecke des Raumes, wo ein abgehangener Rahmen stand. »Als Hendrick van Buyten starb, hat er Joannis das hier vermacht.«

Sie nahm den Stoff vom Gemälde und Jarik zuckte zusammen, als er das Bild von Griet sah. So oft hatte er es im Traum vor sich gesehen, doch das Gemälde war so lebendig, dass er meinte, die junge Griet stände wieder vor ihm. Doch es hatte sich etwas verändert. Ein Vorhang war eingefügt worden, der das Amor-Bild überdeckte. Hinter dem Vorhang schien jemand zu stehen, der das Mädchen beobachtete, während sie gedankenverloren den Brief las. »Wer hat das Bild verändert?«, wollte Jarik wissen, doch als er ihrem Blick begegnete, wusste er bereits die Antwort. Er fragte sich, was Joannis ver Meer dazu gesagt haben mochte. Die Änderungen waren so detailliert und in demselben Stil des Bildes. Das Bild war perfektioniert worden, das musste den Maler innerlich getroffen haben. Denn die Änderungen zeigten, dass die ursprüngliche Szenerie nicht perfekt gewesen war.

Als er Maria in die Augen sah, merkte er, dass sie etwas Glanz verloren hatten. Eine Traurigkeit umspielte ihre Lippen. Jarik spürte, dass hier im Haus viel geschehen war, während der vergangen zwölf

Jahre und er wollte nicht darin herummischen. Bald würde der Kutscher wieder da sein.

»Ich kann das Bild nicht mitnehmen«, sagte er ehrlich. Doch er wusste, dass es so sein sollte.

»Weißt du, was mit Griet geschehen ist?«, fragte Maria zögerlich. Jarik schüttelte den Kopf. Oft hatte er sich gefragt, wie sie nun mit Hendrick van Buyten leben würde. Ob er sie gut behandle nach allem was geschehen war. Als er den Ausdruck in ihrem Gesicht sah, ahnte er das Schlimmste.

»Sie starb wenige Wochen nach der Hochzeit. Es heißt, es sei ein Sturz gewesen, doch ich weiß, dass Hendrick van Buyten seine Frau bei einem Streit umgebracht hat. Er schleuderte sie gegen einen Bettpfosten, dadurch brach ihre Wirbelsäule und sie starb augenblicklich. Die Köchin hat es erzählt. Sie kündigte am gleichen Tag und verließ das Haus für immer. Sie glaubt, ein böser Zauber hänge über ihm«, sagte Maria mit ruhiger Stimme. Jarik schluckte. Er hatte keine Träne mehr übrig, um um Griet zu weinen.

»Bei dem Streit war es um das Gemälde gegangen. Sie hat versucht es vor ihm zu beschützen. Es war ihr einziger Hoffnungsschimmer in der schlimmen Zeit. Nimm es, Jarik. Ihr zu Ehren. Sie hätte es so gewollt.«

Als Jarik auf dem Karren Delft verließ, lag das Gemälde schwer auf seinen Beinen. Die letzten Minuten im Atelier verschwammen vor seinen Augen, als wäre es ein Traum, der sich nach dem Erwachen langsam auflöst. Marias Haar hatte in der Frühlingssonne geschimmert, wie Gold. Als sie ihn küsste, stieß er sie nicht von sich, sondern nahm es hin. Ihre Lippen waren weich und feucht. Es war ein langer Kuss. Ihre Nasen lagen so dicht übereinander, sodass es ihm vorkam, als atmeten sie beide die Luft des anderen. So eng waren sie verbunden, wie damals, als sie zusammen zeichneten, nur dass sie damals die Sicht auf die Welt teilten. Als sie ihn aus ihrer Umarmung entließ, schaute sie ihn lange an.

»Du warst wie ein Bruder für mich, aber ich habe dich nie wie einen geliebt. Du hast mir die Kunst des Malens gezeigt, das werde ich dir nie vergessen«, sagte sie und öffnete die Tür des Ateliers. Als er in den dunklen Flur trat, wusste er, dass sein Leben nun vorbei war.

Epilog

Jariks Gesicht, seine Haare, der Bart, sowie seine Kleidung – jegliche Farbe war daraus gewichen. Grau und konturlos lag er in den weißen Kissen, die Augen geschlossen.

Das Bild hatte Sander, eingewickelt in alten Laken, wieder in der Truhe verstaut. Es hatte ihn zu sehr aufgewühlt. Sander hätte es wissen müssen. Zu spät hatte er die Reaktion seines Freundes auf den Fund bemerkt. So froh war er gewesen, dass das Wertvollste, was Jarik de Boer in seinem Haus besessen hatte, von seinen tollpatschigen und nichtsnutzigen Dienern vor den Flammen gerettet werden konnte. Das musste Gottes Wille gewesen sein. Auch wenn sein Freund gesündigt hatte, Gott hatte ihm verziehen, indem er ihm das wiedergab, was ihm am meisten bedeutete. Und auch, was anderen Menschen viel später, nach Jariks Tod, etwas bedeuten könnte. Wie lange war es her, dass Sander das erste Mal vor einem Gemälde gestanden hatte, das Jarik als Lehrling mit seinem Meister angefertigt hatte. Wie stark war seine Zuneigung zu seinem Meister, Joannis ver Meer, gewesen. Jede freie Minute hatte er mit ihm und den Farben verbracht. Seine Finger waren wie geschaffen für den Beruf des Malers. Grazil, flink, feinfühlig. Wie ein Pinsel bewegten sie sich, wenn er die Farben zusammenmischte, neue Variationen ausprobierte. Jarik hatte ein besonderes Gefühl für Farben gehabt, auch wenn er die Ursache dafür Sander nie erklären konnte. Jetzt wusste Sander, was Jarik jahrelang nicht erklären konnte. Diese Fähigkeit des Farbverständnisses, besaß Jarik, weil er selbst aus vielen Farben bestand, das merkte Sander jetzt, wo er farblos vor ihm lag. Er hatte mit ihnen gelebt, verstand sie, während andere Menschen ihnen keine Beachtung zumaßen. Er dachte in Farben, sah in ihnen Gefühle, Erlebnisse, Erinnerungen. Auch *sie* war für ihn eine Farbe gewesen. Nicht rot, wie ein unwissender Laie hätte annehmen können, sondern *Apfelgelb*. Sander flüsterte dieses Wort in die Stille hinein, die beide Freunde umgab und viele Jahre umgeben hatte. Das Unverständnis gegenüber dem Schmerz seines Freundes hatte sie verstummen lassen. Nun, kurz vor Jariks Ende, war es gebrochen worden.

Sander hörte ihn schwer auf seiner Bettstatt atmen. Jeder Atemzug konnte sein letzter sein.

Zur Entstehungsgeschichte des Romans

Ausgangspunkt für meinen historischen Roman ist ein Gemälde von Joannis ver Meer (Vermeer), dem bekannten holländischen Barockmaler (u. a. »Das Mädchen mit dem Perlenohrgehänge«), aus dem Jahr 1657. Es entstammt damit der frühen Schaffensperiode des Malers und wird im Moment restauriert, bevor es der Öffentlichkeit wieder in der Gemäldegalerie »Alte Meister« in Dresden zugänglich gemacht werden soll.

Auf dem Gemälde ist ein Mädchen zu sehen, das einen Brief liest. Vor ihr befinden sich ein geöffnetes Fenster und ein roter Vorhang, neben ihr eine Schale mit Obst auf einem orientalischen Teppich und im Hintergrund war eigentlich ein Cupdio-Bild zu sehen. Diese Darstellung eines Amors wurde allerdings übermalt, wie mit Röntgenaufnahmen nachgewiesen werden konnte. Die Amor-Darstellung verweist auf eine Liebesgeschichte, die in dem Bild dargestellt werden sollte. Die Übermalung mit einem Vorhang, der so ausgewölbt ist, dass sich dort jemand verstecken könnte, zeichnet eher ein bedrohliches Bild. Die Lesende wird beobachtet, die Liebschaft scheint gefährlich zu sein.

Diesen Hintergrund habe ich zum Anlass genommen, eine zum Teil faktenbasierte, aber hauptsächlich fiktive Geschichte um die Familie Vermeer und das Gemälde »Briefleserin am offenen Fenster« zu verfassen. Die Übermalung ist nicht nur bewiesen, sondern mittlerweile auch, dass es keine Übermalung durch Vermeer selbst gewesen sein kann, wie Fachleute an der typischen finalen Firnis Vermeers erkennen konnten. Erst auf der Firnis ist die Übermalung aufgetragen. Auch deshalb ist letztere jünger zu datieren und wird zur Zeit in einem filigranen Prozess abgetragen, das Bild soszusagen »de-restauriert«. Eine Fertigstellung wird nicht vor Ende 2020 erwartet.

Dass Joannis ver Meer einen Lehrling hatte, ist allerdings nicht überliefert. Die Personenbeschreibungen seiner Frau Catharina sowie deren Tochter Maria und Hendrick van Buyten als Gönner ver Meers gründen auf Recherchen. Die Möglichkeit, dass seine Tochter Maria Gemälde für Joannis ver Meer malte, wird von Kunstexperten diskutiert. Die übrigen Personen sind frei erfunden.

»Die Ost-West-Lovestory bietet höchst amüsante Einblicke in den Bühnen-Zickenterror der Berliner Oper.«
Joy

Berlin, im Herbst 1989, kurz vor dem Fall der Berliner Mauer. Am großen Opernhaus im Westteil der Stadt ist die junge, hochbegabte Tänzerin Zoe Marshall beim Ballett engagiert. Die Bühne bedeutet ihr alles, und auch das schweißtreibende Training tagein, tagaus vermag sie nicht davon abzuhalten, an ihre künstlerische Zukunft im Rampenlicht zu glauben.

Judith Frege:
Ist denn nicht zufällig Sonntag?
Münster: Solibro Verlag 2. A. 2010
[solibro début Bd. 1]
ISBN 978-3-932927-17-1
Broschur • 256 Seiten
als eBook:
eISBN 978-3-932927-66-9 (epub)

mehr **Infos & Leseproben:**
www.solibro.de

eine verrückte Fernbeziehung über 8000 Kilometer

»... eine wunderschöne, sensibel geschriebene Liebesgeschichte. Britta Wulf schafft es, den Leser einzubeziehen und sich ebenfalls zu verlieben ... zumindest gedanklich in Land und Leute. Das Buch macht mir große Lust darauf, dieses Land zu bereisen. Auch weil mein Vater dort sechs Jahre in Gefangenschaft war, aber trotzdem sehr versöhnlich über die Warmherzigkeit der Menschen dort gesprochen hat.«
Ralph Morgenstern

Britta Wulf: **Das Rentier in der Küche Eine deutsch-sibirische Liebe**
Solibro Verlag 5. Aufl. 2017
[originär Bd. 4]
ISBN 978-3-96079-015-0
Broschur • 224 Seiten • mit 2 farb. Karten • 93 z. T. Farbfotos
als eBook:
eISBN 978-3-96079-016-7 (epub)

mehr Infos & Leseproben:
www.solibro.de